저처럼 책을 통해서 위로받는 분들이
많아지길 바랍니다. 항상 행복하시길...

- 이 보 영 -

… 사랑의
시간들 …

이 보 영 의 마 이 힐 링 북

… 사
랑
의
시
간
들 …

이보영 지음

예담

··· 내 안의 외로움을 들여다보기 위해,

　　사람들의 외로움에 다가가기 위해

　　나는 연기를 하고 책을 읽는다 ···

당신도 나처럼 위로받기를

　2012년 드라마 〈적도의 남자〉를 끝낸 늦은 봄, 지금까지 읽은 책들에 관한 글을 써보면 어떻겠냐는 제안을 받았습니다. 드라마 속에서 책을 읽어주던 가슴 따뜻한 '한지원'이라는 캐릭터가 사람 '이보영'과 어우러져 제가 책에 관해 할 말이 많을 듯이 보였나 봅니다.

　평소 책 읽는 것을 좋아하긴 합니다. 한가할 때는 서점에 들러 제나름의 기준으로 읽고 싶은 책들을 한꺼번에 사 오기도 하고, 지인들에게 종종 책을 추천하기도 합니다. 처음 출간 제안을 받았을 때는 괜한 욕심을 부리는 것 같아 망설였습니다. 하지만 긴 대화 끝에 설득을 당하기도 했고, 제가 책을 통해 받은 위로를 다른 사람들도 느낄 수 있었으면 좋겠다는 생각에 이 책을 쓰기로 결정했습니다. 평소 지인들에게 책을 권하듯 소개하기로 마음먹고 가볍게 독후감 쓰듯이 시작해 보자라고 생각했습니다.

하지만 그렇게 시작한 글쓰기는 정말 쉬운 작업이 아니었습니다. 보여주고 싶지 않은 저의 사적인 부분들이 글을 통해 드러나는 것이 아닌가 고민했고, 시간이 지나면 변할 수 있는 생각들이 활자화되어 훗날 나를 부끄럽게 만들지는 않을까 걱정이 되기도 했습니다. 쉬지 않고 연달아 일을 하는 와중에 원고 독촉을 받을 때면 글 쓰는 일을 만만하게 본 것을 후회했습니다.

그러다가 원고를 써놓았던 『꾸뻬 씨의 행복 여행』을 〈달빛 프린스〉라는 토크쇼에서 소개하게 됐습니다. 제가 이야기한 책에 대한 예상외의 반응에 많이 놀랐고, 좋은 책을 많은 사람들에게 알렸다는 것이 참 뿌듯했습니다. 막막했던 원고 작업에 힘이 되는 사건이었습니다. 그럼에도 글 쓰는 작업이 쉽지만은 않았습니다. 제가 받은 느낌을 어떻게 표현해야 할지에 대한 고민도 많았고, 작가의 의도와는 다른 나의 해석이 혹여나 누를 끼치지는 않을까 소심한 걱정도 했습니다.

그렇게 후회와 고민을 반복하며 세 번의 봄이 지나서야 저의 글이 세상에 나오게 됐습니다. 제 이름을 단 책이 나온다는 사실에 몸 둘 바를 모르겠습니다. 저의 글을 읽기 위해 시간을 내주실 모든 분들에게 부끄럽고 감사하다는 말을 미리 전하고 싶습니다. 그분들에게 의미 없는 시간이 되지 않기를 바랄 뿐입니다. 긴 시간 동안 참고 기다려주신 출판사 관계자분들에게도 감사의 말을 전합니다.

이 책에서는 '이보영'이라는 사람에게 생각하는 시간들을 선사해준, 저를 성장시켜준 고마운 책들을 소개하려 합니다. 앞으로 저는 또 다른 책들과 함께 지금보다 더 성숙한 어른이 되어갈 것이라 믿습니다. 시간이 흘러 더 자란 미래의 제가 지금의 글들을 읽게 된다면, 한없이 부끄러워질지도 모르겠습니다. 하지만 이 책에 담긴 이야기들은 현재를 살아가고 있는 제 모습과 생각이기에 소중히 여기려 합니다.

개인적으로 이번 작업을 통해 저를 더 많이 돌아볼 수 있었고, 제 생각들을 정리할 수 있어서 참 좋았습니다. 부끄럽고 민망하여 제가 쓴 책이 나왔다며 여기저기 이야기하지는 못할 것 같습니다. 하지만 제가 그랬던 것처럼 지금 이 글을 읽고 있는 당신도 소개되는 책들을 통해 조금이나마 위로받을 수 있기를 바라며 글을 마칩니다.

2015년 6월

배우 이보영

··· **차례**

Part 1

… 외
로
운 날
의
…
책 읽
기
…

오 늘 당 신 은

행 복 한 가 요 ?

프랑수아 를로르, 「꾸뻬 씨의 행복 여행」

한때 너무 불행했던 적이 있었다. 모든 사람이 나를 비난하는 것 같고, 내 편은 아무도 없는 듯 느껴지고, 자다가 깨면 세상에 나 혼자인 양 두려움에 사로잡혔다. 연기를 하기 전에 나는 평범한 아이였고 꿈이 없었다. 보수적이고 엄격한 부모님 아래에서 무난히 지내다가 얼떨결에 사람들에게 알려졌을 때 그런 상황을 받아들일 아무런 준비가 되어 있지 않았다. 모든 변화가 낯설고 어려웠다. 어설프게 풀려가는 관계 속에서 실수만 반복하고 있었다.

　내 의도와 다르게 전해지는 말들, 나를 바라보는 왜곡된 시선들, 진정 하고 싶고 되고 싶은 것이 무엇인지 나조차 알 수 없는 시간들에 정신없이 휩쓸렸다. 스케줄을 따라 기계처럼 움직이며 무엇을 위해 이렇게 살고 있는지 점점 불행하다는 감정 속에 갇히고 말았다. 나는 나만의 틀을 만들었고 그 틀 안에서만 안전하다고 생각했다. 내가 만든 감옥에서 인내심은 점점 바닥을 향해 치달았다. 스스로 내 자신을 괴롭히는 모습에 가족과 친구도 지쳐갔다.

그러던 어느 봄날의 기억이 아직도 생생하다. 우울한 기분으로 창밖을 보며 멍하니 여의도를 달리고 있는데, 흩날리던 벚나무 꽃잎 한 장이 차창으로 날아들었다.

'언제 벚꽃이 피었지? 핀 지도 몰랐는데 벌써 지고 있네.'

눈처럼 날리는 벚꽃을 보는데 갑자기 눈물이 터져 나왔다. 내가 지금 어떻게 살고 있는 거지? 무엇을 위해 주변을 둘러볼 여유조차 없이 메말라져 버렸지? 그 작고 가벼운 벚꽃잎이 내 마음의 둑을 무너뜨렸다. 나는 그 순간 찾아온 삶의 질문을 대면하기로 했다. 그날 이후 커튼을 치고 불을 끈 어두운 방 안에서 죽은 듯이 웅크리고 앉아 생각을 거듭했다. 지금 나는 왜 이렇게 불행할까? 무엇이 나를 이렇게 만들었을까? 어떻게 하면 정말 행복하게 살 수 있을까?

어두운 질문 끝에 한 가지 깨달음이 찾아왔다. 어찌 보면 당연하기 그지없는 말이지만, 결국 행복은 나 자신에게 달려 있다는 사실이었다. 나는 스스로에게 용기를 주려고 애썼다. 더 이상 슬픔에 갇혀 있으면 안 된다. 이 자리를 털고 일어나야 한다. 그리고 나에게 주어지는 사소한 일상을 즐겨보자.

그즈음 프랑수아 를로르의 『꾸뻬 씨의 행복 여행』을 만났다. 내가 수많은 시간 동안 고민했던 문제들이 이 책에 담겨 있었다. 성공한 정신과 의사 꾸뻬 씨. 진료실에 넘쳐나는 사람들은 하나같이 불행하다고 하소연한다. 그리고 어느 날, 꾸뻬 씨는 자신 역시 행복하지 않음을 자각한다. 그는 세계 곳곳을 여행하며 행복의 비밀을 찾아 나선다. 그리고 수첩에 그 비밀들을 하나둘 기록하기 시작한다.

그때의 나도 꾸뻬 씨처럼 행복으로 가는 길을 찾고 있었다. 내가 원한 것은 행복해지고 싶다는 단 한 가지 바람뿐이었다. 꾸뻬 씨가 여행하면서 적어내린 행복의 비밀들이 대단히 특별하지는 않다. 오히려 평범하면서도 깊이 있는 깨달음이었다. 이 책은 행복을 구하는 내가 어렵지 않게 그 길을 갈 수 있도록 다독여주는 다정한 안내문이 되어줬다.

진정한 행복은 먼 훗날 달성해야 할 목표가 아니라 지금 이 순간 존재하는 것입니다. 인간의 마음은 행복을 찾아 늘 과거나 미래로 달려가지요. 그렇기 때문에 현재의 자신을 불행하게 여기는 것이지요. 행복은 미래의 목표가 아니라 오히려 현재의 선택이라고 할 수 있지요. 지금 이 순간 당신이 행복하기로 선택한다면 당신은 얼마든지 행복할 수 있습니다. 그런데 안타까운 것은 대부분의 사람들이 행복을 목표로 삼으면서 지금 이 순간 행복해야 한다는 사실을 잊는다는 겁니다.

행복이 이토록 가까이 있음을 깨닫기까지 일여 년 동안 힘들게 지냈다. 하지만 그 고민의 시간이 없었다면 지금 행복하다고 여기며 살 수 없었을 것이다. 그때 가장 크게 깨달은 점은 행복해지기 위해 오늘을 사는 것이 아니라, 오늘 내가 행복한 것이 내 삶을 풍요롭게 해준다는 것이다. 행복은 목표가 될 수 없다. 지금 내가 딛고 있는 자리가 행복한 것이 더 중요하다.

기나긴 터널을 빠져나온 후 어떤 선택의 순간을 마주할 때마다 자문한다. 이 선택이 혹여나 오늘 나의 행복을 방해하지는 않을까? 인생은 선택의 연속이고 여전히 모르는 것투성이지만 궁극적으로 나는 행복하다. 아침에 눈뜰 수 있어서 행복하고, 날씨가 좋아서 행복하고, 빗소리에 행복하고, 좋아하는 사람들과 함께해서 행복하고, 더운 날의 맥주 한 잔도 행복하다. 음식이 맛있어서 행복하고, 건강하게 일할 수 있어서 행복하다. 가족이 건강하고 큰 걱정이 없는 것도 행복하다. 여유롭게 커피 한 잔을 마시는 시간도 행복하다.

사랑하고 사랑받고, 인정하고 인정받고, 감사하게 즐기고, 자기 감정에 솔직하고, 현재에 충실하면 행복은 이미 다가와 있으리라. 모두 다 지극히 사소하고 일상적인 것들이다. 그렇기에 주위를 둘러보면 행복해질 수 있는 일들이 꽤 많다.

꾸뻬 씨의 깨달음에 나의 깨달음을 하나 더 살포시 더하고 싶다. 피해를 주지 않는 선에서 남의 시선을 의식하지 않는다! 나는 희망한다. 타인의 시선에 갇혀서 체면 때문에 내가 행복할 수 있는 길을 포기하지 않기를. 물론 지금도 때때로 '불행하다. 우울하다, 내 의지처럼 일이 잘되지 않아 속상하다'는 생각이 든다. 그럴 때 나는 어김없이 꾸뻬 씨와 함께 여행을 떠난다.

기나긴 터널을 빠져나온 후

어떤 선택의 순간을 마주할 때마다 자문한다.

이 선택이 혹여나 오늘 나의 행복을 방해하지는 않을까?

마 음 의 사 막 에
단 비 가 내 려 요

생텍쥐페리, 『어린 왕자』

어릴 때부터 책을 읽는 게 좋았다. 바깥에 나가서 뛰놀기보다 책을 읽는 편이 더 재미있었다. 조금 과장해서 말하면 한때는 스스로 활자 중독이 아닐까 의심하기도 했다. 새 책을 안고 책장을 넘기면서 책 냄새를 맡는 것이 그렇게 좋을 수가 없었다. 한 장씩 넘어가는 책장을 따라 상상의 나래를 펼치면 어떤 영화에서도 보지 못한 그림들이 근사하게 펼쳐졌다.

　지금도 재미있는 책은 다음 내용이 궁금해서 다른 일을 못 한다. 이야기가 끝나가는 게 아쉬워서 맛있는 쿠키를 조금씩 떼어 먹듯 아껴 읽다가 빨리 읽다가 다시 아껴 읽기를 반복한다.

서점에 가면 가슴이 설렌다. 서가 아래 쪼그려 앉아 책을 읽다 보면 다시 소녀로 돌아간 듯한 기분에 사로잡힌다. 오래전부터 한 권 한 권 모은 책들이 어느덧 내 책장에 빽빽이 꽂혀 있다. 책장 앞에 서면 부자가 된 것 같다.

생각해 보면 독서 자체도 좋았지만 어른들한테 칭찬받는 기분이 좋아서 책을 읽었던 것 같기도 하다. 다른 아이들이 골목에서 뛰놀 때 책을 읽고 있으면 어른들이 다가와서 어김없이 머리를 쓰다듬어줬다.

"어머, 보영이는 책을 좋아하는구나!"

"너는 책을 많이 읽으니까 훌륭한 사람이 될 거야."

그런 말들이 좋아서, 더 많은 칭찬을 받고 싶어서 일부러 어려운 책들을 읽기도 했다. 줄거리는 따라가도 속뜻은 도무지 알 수가 없고, 책 속에서 길을 잃은 듯 막막해졌지만 손에서 놓지도 못했다. 그런 책들 중 하나가 바로 생텍쥐페리의 『어린 왕자』였다.

『어린 왕자』를 처음 읽었을 때 나는 초등학교 4학년이었다. 이후 어떤 내용인지 아니까 다시 읽지 않아도 되겠지, 하고 책장에 꽂아두었다. 예쁜 그림이 들어 있는 책, 동화 같은 책, 두껍지도 어렵지도 않은 책, 보아뱀과 장미꽃, 그리고 여우가 뭔가 애틋한 이야기를 들려주는 책……. 나에게 『어린 왕자』는 그렇게 단편적인 인상들로 남아 있는 책이었다.

그런데 몇 해 전, 어떤 후배와 책 이야기를 나누게 됐다. 후배는 『어린 왕자』가 새로운 판형으로 나올 때마다 사서 소장한다고 했는데 그 말이 인상 깊게 들렸다. 나에게도 음반이나 그림을 소장하는 것처럼 책 역시 아끼는 소장품이었으니 자신만의 방식으로 책을 간직하는 후배가 반갑게 느껴졌다. 그런데 왜 『어린 왕자』일까? 그 책에 내가 모르는 무엇이 있기에 그토록 공들여 수집하는 걸까? 집으로 돌아온 나는 책장에서 먼지가 덮인 『어린 왕자』를 다시 뽑아 들었다. 그날 밤, 『어린 왕자』는 첫 문장부터 마지막 문장까지 단 한 단어도 버릴 수 없는 소중한 책이 됐다.

"세상에서 가장 어려운 일이 뭔지 아니?"
"글쎄요. 돈 버는 일? 밥 먹는 일?"
"세상에서 가장 어려운 일은 사람이 사람의 마음을 얻는 일이란다.
각각의 얼굴만큼 다양한 각양각색의 마음은 순간에도 수만 가지의
생각이 떠오르는데 그 바람 같은 마음을 머물게 한다는 건 정말 어
려운 거란다."
"아아, 정말 그런 것 같네요……."
"내가 좋아하는 사람이 나를 좋아해 주는 건 바로 기적이란다."

후배를 통해 『어린 왕자』를 다시 만난 뒤 나는 이 책을 자주 꺼내 든다. 이 책은 내가 어떤 상황에 놓여 있느냐에 따라 매번 다르게 읽히고 내 마음을 다르게 두드리고 새로운 깨달음을 준다.
언젠가 친구에게 하고 싶은 이야기가 있었다. 입말이 아닌 편지로 전하고 싶은 이야기였다. 하얀 종이에 마음을 털어놓다가 『어

린 왕자』의 한 문장을 인용하고 싶어졌다. 어린 왕자가 내 마음을 나보다 더 잘 알고 있는 것 같았다. 이 책의 문장보다 더 진실하게 내 마음을 전할 수 있는 방법이 없는 것 같았다. 옮겨 적다 보니 나도 모르게 한 페이지가 훌쩍 넘어갔다. 『어린 왕자』는 나에게 그런 순간들을 선사해 준 책이다.

어른이 된다는 무게감에 짓눌릴 때가 많다. 마음은 시간의 속도를 따라가지 못하는데 나이만 먹는다고 어른이 되는 걸까. 한때 내가 다 자랐다고 생각한 적이 있었다. 어른인 척 행동해야 똑똑한 사람인 줄 알았고, 경험하지도 못한 세상을 다 안다고 착각했다. 그런데 그것이야말로 어린 왕자가 안타까워한 어른의 모습이었다. 지금도 종종 그런 모습이 튀어나오는데 그때마다 소중한 친구를 찾아가듯 『어린 왕자』를 읽는다. 그리고 금발의 소년에게 묻는다. 인생에서 무엇이 가장 귀한지를.

"아저씨도 어른들처럼 말하는군요!"
그 말에 나는 조금 부끄러워졌다. 그러나 어린 왕자는 사정없이 덧붙여 말했다.
"아저씨는 모든 것을 혼동해……. 모든 걸 뒤섞어요!"
어린 왕자는 정말 화가 난 모습이었다. 온통 금빛으로 물든 그의 머리카락이 바람에 흩날리고 있었다.
"내가 알고 있는 어느 별에는 새빨간 얼굴을 가진 남자가 살고 있어요. 꽃향기를 맡아본 적도 없고, 별을 바라본 적도 없는 남자였어요.

누구도 사랑해 본 적이 없고요. 그 남자는 하루 종일 계산만 했어요. 그러면서 하루 종일 아저씨처럼 '나는 중요한 일을 하는 사람이야! 중요한 일을 하는 사람이야!'라고 말했어요. 교만하기 짝이 없었죠. 하지만 그는 사람이 아니라 버섯이었어요!"

"꽃들은 수백만 년 전부터 가시를 만들어왔어요. 양들도 수백만 년 전부터 꽃을 먹어왔고요. 그런데도 꽃들이 아무 쓸모도 없는 가시를 왜 그렇게 힘들여 만드는지 알려는 건 중요하지 않다고요? 양들과 꽃들의 다툼은 중요하지 않다는 건가요? 이 세상에서 단 하나뿐인 꽃, 어디에도 없고 오직 내 별에만 있는 꽃 하나를 내가 알고 있는데, 어느 날 아침에 작은 양이 그 꽃을 무심코 먹어버릴 수도 있는데, 그런 건 중요하지 않다는 건가요!"

『어린 왕자』에서 내가 가장 좋아하는 부분은 역시 '길들이기'에 대한 이야기이다. 어린 왕자와 장미꽃, 그리고 여우의 이야기에는 세상의 모든 인간관계가 다 어우러져 있다. 나에게 가장 소중한 것은 바로 인연이다. 길들이기란 인연을 이어가는 비밀이 아닌가. 서로를 어떻게 길들이느냐에 따라 인연의 의미가 달라진다. 길들이기에 대한 부분을 읽을 때마다 뭉클해진다. 나는 소중한 사람들에게 어떤 의미로 남고 싶은지, 인연들을 잘 쌓아가기 위해 어떤 마음을 기울여야 하는지 『어린 왕자』를 다시 읽으며 돌아본다. 바쁜 일상에서 무심히 지나가는 인연들을, 그리고 길들이고 길들여지고 있는 나의 사람들을.

어린 왕자가 물었다.

"나는 친구를 찾고 있어. 그런데 길들인다는 말이 무슨 말이지?"

"인연을 맺는다는 뜻이지."

"인연을 맺는다고?"

"응, 바로 그거야."

여우가 말했다.

"내가 보기에 지금 너는 아직 수많은 다른 소년들과 별로 다를 게 없는 어린 소년에 불과해. 그래서 나는 네가 없어도 괜찮아. 너 또한 내가 없어도 괜찮고. 네가 보기에 나는 수많은 여우와 다른 게 없으니까. 그러나 만일 네가 나를 길들인다면 우리는 서로 필요로 하게 돼. 너는 나에게 있어 이 세상에서 단 하나의 유일한 존재가 될 것이고 너에게 있어 나 역시 이 세상에서 유일한 존재가 될 거야."

『어린 왕자』를 한 번 읽고서 잊어버린 사람이 있다면 다시 한 번 읽어보기를. 늘 새로운 모습으로 다가오는 어린 왕자의 마법에 빠져보기를 권한다. 인생에 정답이 있다면 좋으련만, 살면 살수록 세상사는 의문투성이다. 내가 그리던 방향과 다르게 흘러가기도 하고, 사람들이 내 마음 같지 않아서 울적해지기도 하고, 변해가는 내 모습에 흠칫 놀라기도 한다. 그렇게 마음이 사막일 때 나는 어린 왕자를 찾아간다. 책을 펼치면 어린 왕자의 웃음소리가 들린다.

"별들은 아름다워요. 눈에 보이지 않는 한 송이 꽃 때문에……."

"사막이 아름다운 이유는 어딘가에 샘을 숨겨놓고 있기 때문일 거예요."

"그래, 집이든 별이든 사막이든 그것들을 아름답게 하는 건 눈에 보이지 않지."

나는 소중한 사람들에게 어떤 의미로 남고 싶은지,

인연들을 잘 쌓아가기 위해 어떤 마음을 기울여야 하는지 돌아본다.

바쁜 일상에서 무심히 지나가는 인연들을,

그리고 길들이고 길들여지고 있는 나의 사람들을.

내 안의 외로움을
들여다보다

J. M. 바스콘셀로스, 「나의 라임오렌지나무」

책에 관해 쓰노라니 자꾸만 어린 시절이 떠오른다. 마음 깊이 묻어둔 이야기들이 불쑥 튀어나오니 놀랍기도 하고 쑥스럽기도 하다. '내 인생의 책'에 대해 생각해 보는 지금, 책과 함께했던 유년의 기억이 얼마나 큰 자리를 차지하고 있는지 알 것 같다.

나는 엄격한 부모님 슬하에서 자랐다. 지금은 그날들을 웃으면서 회상하지만 이십 대 중반까지만 해도 부모님은 세상에서 제일 무섭고 어려운 분들이었다. 내가 어긋남 없이 성장하길 바라면서 최선을 다해 키워주셨다는 것은 잘 알고 있었지만 나를 향한 부모님의 높은 기대와 잣대는 늘 버겁기만 했다. 옷은 구겨지면 안 되고, 정도 이상 떠들어도 안 되고, 집 안에서도 발꿈치를 들고 다녀야 했고, 편식은 당연히 금물이며 가족 식사 중에는 식탁을 벗어나도 안 됐다. 떼를 쓰는 건 물론 상상도 못할 일이었다.

그래서 우리 남매는 부모님에게 투정을 부리거나 반항을 한 기억이 없다. 어렸을 때 슈퍼에서 뭔가를 사달라고 조르며 우는 아이를 부럽게 바라보기도 했다. 부모님은 특히 장녀인 나에게 언제 어디서나 어른스레 행동하기를 바라셨다. 동생과는 한 살밖에 차이 나지 않는데도 나에게 바라는 책임감과 기대 정도는 많이 달랐다. 하지만 나는 늦된 아이였다. 학교를 일찍 들어간 탓도 있지만, 눈치 없고 느리고 표현이 서툴렀다.

『나의 라임오렌지나무』, 이 책을 생각하면 책장을 넘기다 말고 베개에 얼굴을 묻은 채 소리 내어 울었던 내 모습이 떠오른다. 책을 읽다가 처음으로 눈물을 흘렸다. 부모님은 왜 내 마음을 몰라줄까……. 서운한 마음을 어떻게 말해야 할지 막막했다. 내 의도는 그게 아니었는데 부모님을 화나게 했던 일들이 떠올라 서럽게 통곡했다. 내가 제제였고 제제가 나였다. 제제에게서 내 모습을 봤던 것이다.

제제는 브라질 상파울로 인근의 작은 도시에 사는 미워할 수 없는 악동이다. 제제의 아버지는 실직한 가장이었고 어머니는 중노동에 시달렸다. 가난에 찌든 두 누나와 형들도 얼굴 표정이 늘 어둡기만 했다. 제제는 소문난 말썽꾸러기라 부모님에게 얻어맞고 혼나기 일쑤였지만 나쁜 아이는 아니었다. 속 깊고 따뜻하고 어른스럽고 사랑스러운 아이였다. 단지 제 나이답게 장난꾸러기이고 호기심이 많았을 뿐이다.

이런 제제를 그 눈높이에서 바라봐주는 어른은 뽀르뚜까 아저씨와 세실리아 선생님밖에 없었다. 주위 어른들은 제제가 동생을 돌봐주고 집안일도 도와주고 짓궂은 장난을 하지 않길, 그러니까 어른들의 눈에 제발 거슬리지 않기만을 바랐다. 가난한 탓에 크리스마스에 선물을 받지 못한 제제는 이렇게 한탄한다. "아기 예수님은 부잣집 아이들을 위해서만 태어났는가 보다."

오랜만에 다시 『나의 라임오렌지나무』를 읽었다. 드라마 〈내 딸 서영이〉 촬영을 끝낸 후 휴식차 떠났던 하와이 여행에서 돌아오는 비행기 안이었다. 여행 가방에 책 여러 권을 챙겨 넣었지만 드라마를 막 끝내고 나서 뭔지 모를 허탈함과 피로감이 몰려와 글자가 눈에 들어오지 않았다. 그런데 옛 기억을 떠올리며 어렵사리 집어 든 이 책은 또다시 나를 울리고 말았다. 비행기 안에서 사람들이 흘깃거리는 시선이 느껴지는데도 한 번 쏟아지기 시작한 눈물은 멈춰지지 않았다.

이제야 아픔이 무엇인지 알 것 같았다. 매를 맞아서 생긴 아픔이 아니었다. 병원에서 유리 조각에 찔린 곳을 바늘로 꿰맬 때의 느낌도 아니었다. 아픔이란 가슴 전체가 모두 아린 그런 것이었다. 아무에게도 비밀을 말하지 못한 채 모든 것을 가슴속에 간직하고 죽어야 하는 그런 것이었다. 팔과 머리의 기운을 앗아가고, 베개 위에서 고

...없어진다. 노래가 아빠 마음에
...에서 듣고 싶은 건가 보다.
...무슨 노래니?"
...서 물었다.

나는 옷 벗은 여자가 좋아

"그 따위 노래 누가 가르쳐 줬어?"
미친 사람처럼 아빠의 눈에서는 불똥이 튀고 있었다.
"아리오발두 아저씨요."
아빠는 그런 말을 한 적이 없다. 내가 아리오발두 아저씨
의 조수라는 것을 아빠가 알고 있을 리가 없었다.
"다시 불러 봐라."
"요새 유행하는 탱고예요."

나는 옷 벗은 여자가 좋아······

개를 돌리고 싶은 마음조차 사라지게 하는 그런 것이었다.

어린 시절의 나와 제제가 서서히 겹쳐 보였다. 제제가 아버지를 위로하려고 야한 노래를 부르는 장면은 나를 어김없이 슬프게 했다. 일자리를 잃고 실의에 빠진 아버지를 본 제제는 시장에서 장사꾼 아저씨한테 배운 '나는 벌거벗은 여자가 좋아'라는 노래를 부른다. 아저씨가 그 노래를 부르면 사람들이 배꼽을 쥐고 웃었던 기억이 떠올라 순진한 마음으로 아버지를 위로하고자 한 것이다. 하지만 아버지는 제제가 되먹지 못한 행동으로 자신을 놀린다고 격분하여 매질을 시작한다.

이 장면에서 부모님이 내 마음을 몰라줘서 서글펐던 순간들이 떠올랐다. 칭찬받기 위해서 했던 행동들이 두 분을 화나게 했고, 때론 주위 사람들을 부끄럽게 만들었다. 내 뜻과는 달리 일을 그르쳐서 혼나기도 했다. 일부러 그런 게 아니었다고, 내 마음은 그렇지 않았다고 말하고 싶었지만 서러움에 목메어 아무 말도 할 수 없었던 어린 내 모습이 떠올랐다. 나는 네 마음을 알아, 이렇게 말하면서 제제를 꼭 안아주고 싶었다.

책에 몰입하면 이야기 속에 들어가서 주인공들을 보듬어주고 싶다. 드라마 〈내 딸 서영이〉의 '서영이'도 그랬고, 제제도 그랬다. 그렇게 보듬어 안아 위로해 주고 싶은 마음은 나도 위로받고 싶기 때문이 아닐까.

나는 엉엉 소리 내어 울었다.

"걱정 마세요. 난 그를 죽여버릴 테니까요."

"그게 무슨 소리냐? 너의 아빠를 죽이겠다고?"

"그래요. 전 이미 시작했어요. 벅 존스의 권총으로 빵 쏘아 죽이는 그런 건 아니에요. 제 마음속에서 죽이는 거예요. 사랑하기를 그만 두는 거죠. 그러면 그 사람은 언젠가 죽어요."

"그런데 넌 나도 죽이겠다고 했잖아?"

"처음엔 그랬어요. 그런데 그다음엔 반대로 죽였어요. 내 마음에 당신이 다시 태어날 수 있게, 그렇게 죽였어요."

제제는 뽀르뚜까 아저씨와 '밍기뉴'라고 이름 지은 라임오렌지 나무에게서 위로를 받는다. 어린 시절에 나도 갖가지 사물들과 이야기를 많이 했다. 제제처럼 멋진 이름을 붙여주지는 못했지만, 항상 끌어안고 자던 파란 원피스 인형에게 속마음을 털어놓았다. 어떤 날은 방 안에 있는 인형들을 죄다 둥그렇게 앉혀놓고 나의 진짜 속내를 마음껏 쏟아냈다. 부모님 앞에서는 입술 끝에서 얼어붙었던 이야기들이 어쩌면 그렇게 콸콸 쏟아져 나왔던지.

어린 나는 뽀르뚜까 아저씨 같은 어른을 만나지는 못한 것 같다. 당시에는 부모님도 선생님도 아이들과 소통하기보다는 일방적으로 지시했고 우리 역시 무조건 순종했다. 나만 그렇게 자랐다는 건 아니다. 그런 방식도 모두 부모님, 어른들 나름의 사랑이었으니까……. 그래서 반항하기보다는 그냥 혼자서 외로운 마음을 달랬다. 그때 『나의 라임오렌지나무』는 비슷한 처지에 놓인 친구처럼 나에게 다가와서 가장 큰 위로를 주었다.

그런데 비행기 안에서 다시 이 책을 읽었을 때는 그 느낌이 조금 달랐다. 만약 내가 아이를 가진다면 아이의 마음에 교감하고 아이의 눈높이에 최대한 맞춰주리라는 생각에까지 이르렀다. 이 책과 함께 나는 아이에서 어른이 된 것이다.

누구나 때가 되면 헤어질 수 있는 것이 살아가는 도중의 일이란다. 혹시나 라임오렌지나무가 무슨 일을 당한다고 해도 아주 사라지는 건 아니지 않겠니? 푸른 이파리가 낙엽이 되어 떨어져도 사라지지 않고 이듬해 싹으로 다시 되살아나는 것처럼. 무엇이든 사라지는 것은 없단다. 하잘것없는 풀도 겨울엔 건초가 되어 치즈를 만드는 데 쓰이지 않니? 제제, 기운을 내렴. 누구라도 서로 잊지 않고 가슴속에 깊이 품고 있으면 사라지는 일은 결코 없단다.

이젠 부모님에게 우스갯소리로 "내 아이는 절대 엄마, 아빠처럼은 안 키울 거야"라는 말을 종종 하지만, 언제나 무한히 베풀어주시는 사랑에 진심으로 감사드린다. 부모님의 양육 방식이 어린 나에게 상처였더라도 그 이전에 정말 많은 것들을 주셨음을 안다. 내 자신이 소중하다는 자존감을 키워주셨고, 여자는 존중받아야 하는 존재라고 가르쳐주셨다. 장녀로서 무겁기만 하던 책임감도 귀한 가치로 받아들일 수 있게 됐다. 그 모든 것이 지금의 나를 있게 해준 사랑이기에 마냥 아팠다고 서운해하는 건 다 큰 딸의 투정일 뿐이다.

지금 나는 부모님에게 어떤 원망도 없다. 그런데도 문득 제제의 외로움을 뭉클하게 느낄 때가 있다. 그것은 치유받지 못한 상처라기보다 연약한 인간이기에 벗어날 수 없는 근원적인 외로움이리라. 내 안의 외로움을 들여다보기 위해, 또 사람들의 외로움에 다가가기 위해 나는 연기를 하고 책을 읽는다.

토 닥 토 닥

우 리 자 신 을 위 로 해 요

김형경, 『사랑을 선택하는 특별한 기준』

오래전 대학교에 다닐 때 이 책을 만났다. 그때부터 나 자신을 들여다보기 시작했으므로 나에게는 큰 의미가 있는 책이다. 물론 그전에도 나는 어떤 사람인가에 대해 무의식적으로 생각한 적이 있었을 것이다. 나 자신을 지극히 주관적으로 바라보면서 좋은 사람이거나, 반대로 나쁜 사람이라고 막연하게 판단했던 것 같다. 그런데 이 책을 읽으면서 나 자신과 거리를 두는 법을 배웠고, 그렇게 한 발자국 떨어져서 내 모습을 좀더 객관적으로 관찰할 수 있게됐다. 새로운 분야에 대한 관심을 열어준다는 점 때문에도 나는 책을 좋아한다. 이 책을 통해서는 정신분석학과 심리학에 관심을 가졌고, 내가 진정으로 어떤 사람인지 알고 싶어서 관련 책들을 탐독했다.

나는 왜 사회적이지 못할까? 왜 자아가 유난히 강할까? 왜 순종적이지 않을까? 왜 사람들에게 곁을 쉽게 내주지 못할까? 이따금 분노가 통제되지 않는 이유는 뭘까? 왜 이성 앞에서는 경직되고 방어적으로 변할까? 그동안 사소하게 넘겼던 내 모습들을 진지하게 돌아보면서 문제점들을 개선해 보려 했다. 살아가면서 우리가 '나'에 대해 심사숙고하는 시간들이 얼마나 될까. 그때는 오로지 '나'에게만 집중하여 자신을 들여다보던 시절이었다. 돌아보면 참으로 의미 있는 시간, 내 성장의 발판이 되어준 시간이었다.

나는 김형경 작가를 좋아한다. 특히 이 책의 곳곳에 스며 있는, 인간에 대한 애정으로 사람의 심리를 깊이 들여다보는 시선에 많은 위로를 받았다. 사람은 누구나 말하지 못하는 상처를 가지고 있고 불완전할 수밖에 없는 존재가 아닌가. 나만 겪는 문제라고 여길지 모르지만 사실은 모두의 고민일 수 있다. 이 책은 나에게 상처를 괜찮다고 덮어두는 것만이 능사가 아니라는 것과 내 상처를 마주해 극복할 때 비로소 성장할 수 있다는 것을 깨닫게 해줬다.

삼십오 세에서 삼십육 세 사이에 찾아온다는 중년의 위기, 이 고비를 어떻게 넘기느냐에 따라 삶의 후반부가 많이 달라질 수 있는 바로 그 지점에 있었다. 새로운 목표를 설정하고 새로운 삶을 배우지 않으면 답보 상태에서 폐쇄적인 자기 복제만을 반복하게 될 것이다. 새로운 삶은 그 일과 함께 영혼이 성장하고, 그 일과 함께 자아를 실현하고, 그 일이 또한 세상에도 유익한 것이어야 했다. 그리고 그것은 환갑이 되어서도 유효한 방법과 목표여야 했다.

위로는 특별한 뭔가가 아니었다. '나만 이런가? 내가 이상한 건가?' 하고 자꾸만 돌아보는 내 모습은 남들과 다르지 않았다. 이 책은 상처로 움츠러든 나에게 다가와서 당혹스러워하지 말라고, 다른 사람도 다 그렇게 살아가고 있다고 용기를 주었다. 나만 불안해하고 겁내는 게 아니라고 다독였다. '괜찮아. 다 잘될 거야'라고 긍정적으로 북돋워주는 격려도 좋지만, 내 고통이 나 혼자만의 것은 아니라는 공감에 더욱 힘이 났다.

『사랑을 선택하는 특별한 기준』을 관통하는 주제는 '콤플렉스'이다. 나도 나의 '콤플렉스'에 대해 생각해 보기 시작했다. 내 안에도 어떤 결핍과 상처가 있을지 모른다. 장녀로서의 지나친 책임감과 그로 인한 중압감, 어른스럽기를 기대했던 부모님 때문에 오히려 어른스럽게 행동하는 데 거부감을 느꼈던 것은 사실이다. 그러나 그런 것을 콤플렉스라고 느끼지는 않았다.

사실 가만히 들여다보면 내 안에도 어느 모퉁이가 그늘져 있었을지 모르지만, 겉으로는 나 자신에 대해 긍정적인 편이었다. 남들이 뭐라고 하든 크게 신경 쓰지 않는 것을 내 장점으로 내세우다 보니 사는 일이 조금은 더 수월하기도 했다. 누가 이러쿵저러쿵하면 대체적으로 "그게 뭐 어때서"라고 가볍게 넘길 수 있었다.

그런데 배우가 되니 모든 게 달라졌다. 다른 사람을 별로 신경 쓰지 않는 모습 때문에 오히려 타인과의 관계에서 많이 부딪치게 됐다. 사람들의 반응 속에서 나도 모르던 모습과 단점을 하나씩 발견하면서 남들 앞에 나서기가 꺼려졌다. 자꾸만 위축되고 말과 행동이 예민해졌다. 대부분 외모에 대한 지적이었는데, 옷을 입을 때마다 결점을 덮으려다 보니 오히려 더 부각되기도 했다.

배우가 되기 전에는 알지도 못했던 것들이 다 콤플렉스가 됐고 새로운 콤플렉스도 만들어졌다. 그때 나는 참 못났었다. 그토록 좋은 날, 그토록 예쁜 날, 집 안에만 틀어박혀 콤플렉스에 사로잡힌 채 아무것도 즐기지 못하고 시간만 축내고 있었다. 내가 왜 연기를 시작해서 평생 남에게 단점을 지적받으며 살아야 하는지 고민했다. 배우가 아니었더라면 굳이 듣지 않아도 될 말들을 너무나 많이 듣는 것 같았다. 쏟아지는 말들에 지쳐 있다가 열심히 극복하려고 노력하면 또 다른 콤플렉스가 찾아왔다.

하지만 타인의 시선에 갇혀 살 수는 없는 노릇이었다. 배우라는 직업의 어쩔 수 없는 운명일지라도 이렇게 말 한마디 한마디에 일희일비하다가는 제대로 살아갈 수 없으리라는 자각이 들었다. 예전의 나로 돌아가려고 애썼다. 예전처럼 "그게 뭐 어때서"라고 대수롭지 않게 털어내려 했다. 물론 쉬운 일은 아니었다. 지금도 여전히 그런 말들을 들으면 우울해지지만 더 이상 예전처럼 숨어만 있지는 않는다.

위로는 특별한 뭔가가 아니었다.

이 책은 상처로 움츠러든 나에게 다가와서 당혹스러워하지 말라고,

다른 사람도 다 그렇게 살아가고 있다고 용기를 주었다.

나만 불안해하고 겁내는 게 아니라고 다독였다.

콤플렉스를 극복하기란 힘들다. 무작정 콤플렉스를 무시하려 하기보다는 콤플렉스의 근원을 찾아내고 마주할 수 있어야 극복과 성장의 시간을 건너서 행복해진다. 진짜 상처는 가슴 깊이 묻어두고 곪을 때까지 좀처럼 꺼내 보이지 못하는 법이다. 그런 상처를 나 자신이라도 외면하지 않고 안아줄 수 있을 때 좀더 행복해지지 않을까.

부디 지친 자신에게 소중히 다가갈 수 있기를. 내가 나에게 괜찮다고 말해 주기를. 평생 나를 속여왔구나, 정직하게 슬픔을 마주 보지도 고통을 표현하지도 못했구나, 라고 스스로를 다독여주기를. 나의 슬픔, 너의 슬픔을 알아봐주고 말을 건넬 때 고인 물이 흐르듯 인생 또한 흘러간다.

순   수   한   나   를

다 시   만 나 고   싶 다 면

구로야나기 테츠코, 「창가의 토토」

어릴 때부터 아이를 참 좋아했다. 영화 〈사운드 오브 뮤직〉을 보면
서 나중에 나도 아이를 많이 낳아서 저렇게 한 줄로 세워가며 키
우고 싶다는 엉뚱한 생각도 했다. 아이에게 이런 엄마가 돼야겠다
는 내 나름의 기준도 세웠다. 화목한 가정을 꾸리고 좋은 엄마가
되겠다는 꿈은 소녀 시절 내내 막연하게 그렸던 미래의 내 모습이
었다. 대학 시절에는 부모님에게서 독립해서 나만의 공간을 갖고
싶다는 단순한 발상으로 졸업하자마자 빨리 결혼하고 싶었다. 내
이상대로 가정을 만들고 아이를 낳아 키우는 게 충분히 가능하고
또 쉬울 거라고 철없이 믿었던 시절이었다.

그 무렵 『창가의 토토』를 읽게 됐다. 작가가 어린 시절에 겪었던 일들을 토대로 담아낸 자전소설인데, 일본의 유명한 화가인 이와사키 치히로의 서정적인 그림이 함께 실려 있어 예쁜 아이의 모습을 상상하며 읽을 수 있다. 토토는 일반 초등학교에 잘 적응하지 못해서 대안 학교인 도모에 학원으로 전학한다. 도모에 학원은 오래되어 달리지 못하는 전철을 개조한 특이한 학교로, 아이들의 눈높이를 이해하는 도모에 교장선생님의 배려 가득한 사랑이 흘러넘치는 곳이었다. 토토는 도모에 학원에서 생동감 넘치는 경험을 하며 즐거운 유년 시절을 보내게 된다.

책장을 넘기며 어른들에게 이해받지 못했던 내 어린 시절의 기억들이 새록새록 떠올랐다. 남다른 호기심으로 일찌감치 '퇴학'이라는 꼬리표를 달게 된 토토를 따뜻하게 보듬어주는 어른들처럼 아이의 시선에서 아이를 바라보는 엄마가 되고 싶어졌다. 그리고 그런 어른이 될 수 있다고 자신했다.

하지만 시간이 흘러 나는 내 기준으로 아이를 판단하는 어른이 되고 말았다. 예전의 그 마음은 다 어디로 갔을까. 아이의 눈을 가진 엄마가 되겠다던 결심은 사라지고 내 생각만 더 분명해진 어른이 됐다. 예전에는 촬영장에서 아역 배우들을 만나면 마냥 예쁘고 귀여웠는데 이제는 일에 치여 아이들이 그저 연기만 잘해주기를 기대했다. '아이' 하면 연상되던 모든 사랑스러움의 감흥이 덜해진 것이다. 내가 기억하던 어린 시절의 반짝반짝 예쁜 추억들마저 빛바랜 기억으로 남아 있을 뿐 그다지 가슴 아리도록 그립지 않았다.

그냥 일과 사람에 치이며 하루하루 바쁘게 지내다 보니, 처음 『창가의 토토』를 읽었을 때처럼 어린 시절이 다시 돌아가고 싶은 시간도 아니게 됐다.

그러다가 결혼으로 이사를 하게 되면서 책장을 완전히 새로 정리했다. 내가 가지고 있는 책들을 한 권씩 책장에 꽂으면서 지금까지 어떤 책들을 만나왔는지 둘러봤다. 유독 『창가의 토토』에 눈길이 머물렀다. '맞아. 내가 이 책을 읽고 참 많은 생각을 했지. 남들과 똑같은 어른은 되지 말아야지 다짐했는데, 사소한 일들도 소중하게 기억하던 때가 있었는데…….'

책이란 참 신기하다. 『창가의 토토』를 다시 읽는 순간, 처음 이 책을 펼쳤을 때의 그 느낌이 생생하게 되살아났다. 그때 내가 무슨 생각을 했는지, 얼마나 순수했는지, 얼마나 열정적이었는지…….만약 지금 이 책을 처음 읽는 거라면 예전에 내 마음을 울렸던 구절들에도 크게 감응하지 못한 채 무심하게 넘어갈지도 모른다. 추억을 미화하여 팔아먹는 이야기들의 전형이라고 어른의 때 묻은 시선으로 바라보며 덮어버렸으리라.

그런데 이 책을 다시 읽다 보니 웃음이 절로 새어 나왔다. 그때의 내 모습과 결심들이 고스란히 떠올랐던 것이다. 언제부터인가 나는 좋은 엄마가 되기란 정말 힘들고 대단한 것 같다고 이야기하고 있었다. 아이랑 함께 있는 시간이 얼마나 커다란 인내심을 요구하는지 깨달은 후부터 내가 그린 '좋은 엄마'의 그림은 점점 흐려졌다.

물론 나는 여전히 '좋은 엄마'가 되고 싶다. 또 '좋은 어른'이 되고 싶다. 살다 보면 지금의 나처럼 어쩔 수 없이 전형적인 어른이 되어가겠지만, 그래도 마음 한구석에는 나의 순수가 살아 있기를 바란다. 몇 년 전만 해도 나는 순수한 편이라고 별 거리낌 없이 말할 수 있었는데 지금은 뻔뻔하게 그런 말을 하지 못한다. 그러기에는 내 자신이 지극히 현실적이고 이기적이다. 예전의 내 모습을 내 안에서 불러내고 싶어지면 나는 몇 번이고 이 책을 다시 읽을 것이다. 순수했던 나를 잃지 않기 위해서. 어른들의 몰이해 때문에 상처받고 답답하기만 했던, 토토 같은 나의 어린 시절을 잊지 않기 위해서. 무엇보다 '좋은 엄마'가 되기 위한 내 결심을 기억하기 위해서.

문자와 말에 너무 치중하는 현대의 교육이, 오히려 아이들이 마음으로 자연을 보고 신의 속삭임을 듣고 또 영감을 느끼는 것과 같은 감성과 직관을 쇠퇴시키지는 않았을까? (…) 어쩌면 세상에서 진실로 두려워해야 하는 것은 눈이 있어도 아름다운 걸 볼 줄 모르고, 귀가 있어도 음악을 듣지 않고, 또 마음이 있어도 참된 것을 이해하지 못하고 감동하지도 못하며 더구나 가슴속의 열정을 불사르지도 못하는 그런 사람들이 아닐까.

나 이 듦 에
대 하 여

가브리엘 가르시아 마르케스, 『내 슬픈 창녀들의 추억』

나에게는 피터팬 증후군이 약간 있는 듯하다. 아직도 어른이 되고 싶지 않고 여전히 아이처럼 노는 걸 좋아한다. 지금도 인형을 모으고, 만화책과 놀이동산을 좋아하고, 격식 있는 모임보다 자유로운 자리가 좋다. 그래선지 친구들에게 아이 취급을 받거나 철없다는 소리를 곧잘 듣는다. 나보다 어린 동생들까지 나를 어르고 달래줄 때도 있다. 대체로 '보영이니까 그렇지'라며 많이 이해받는 편이다.

　시간은 한 해, 한 해 흐르는데 세월의 속도를 따라가기에 내 마음은 한참 뒤처져 있는 듯하다. 한때는 그 때문에 고민도 많았다.

어른이 돼야 할 나이인데 여전히 아이 같은 속마음이 비어져 나와서 겉으로 내색하지 않기가 어찌나 힘들던지. 다른 사람들 앞에서 좋은 것도 슬픈 것도 아픈 것도 드러내지 말라고, 어른스럽지 못하니 나이답게 처신하라는 충고는 버겁기만 했다. 진짜 내 모습이 아닌데 나를 포장한 채 살아간다면 과연 행복할까.

그런데 이런 생각을 할 때도 나이 든다거나 늙는다는 것에 대해 자각하지 못했던 것 같다. 몸은 어른인데 마음은 어리니 겁도 많고 경험도 부족한 내가 언제쯤 제대로 어른이 될 수 있을까 하는 질문만 거듭 되새길 뿐이었다.

몇 년 전만 해도 지금 내 나이가 되면 무엇이든 다 알게 되어 자신감을 가지고 두려움을 떨쳐내며 막힘없이 결정할 수 있을 줄 알았다. 하지만 지금의 나는 여전히 그때처럼, 아니 어쩌면 그때보다 더 겁이 많아졌고, 알면 알수록 점점 모르는 것투성이라는 걸 느끼면서도 그렇지 않은 척 숨기느라 힘들다.

어느 날 문득 엄마를 바라보는데 내 나이 때 엄마의 모습이 생각났다. 내가 아는 엄마는 그저 가족을 위해서 사는 사람이었다. 그때는 엄마도 한창 젊은 나이였는데 예쁜 옷이 안 입고 싶고, 좋은 곳에 안 가고 싶으셨을까. 그런데도 항상 아끼고 참았던 모습을 떠올리자니 그때 엄마에게 즐거움은 무엇이었는지 돌아보게 됐다. 엄마가 그렇게 사는 건 당연하다고 여겼는데, 지금 그 나이가 되고 나니 엄마도 어른인 척 살아내면서 힘드셨겠구나, 고개가 절로 끄덕여진다.

나는 운 좋게 연기를 하게 되어 다양한 사람들을 관찰할 기회를 자주 얻는다. 특히 나이와 지위에 구애받지 않고 인생을 자유롭게 즐기며 사는 분들을 만날 기회가 많다. 세간의 시선에서는 그런 분들의 지나치게 솔직한 모습이 의아하고 철없어 보일지 모르겠지만, 나는 그분들처럼 나이 들고 싶다. 나이가 든다고 감정이 사라질까? 사랑을 모를까? 희로애락에 무뎌질까? '나이 들어서 주책이다'라는 말만큼 냉정하게 들리는 말도 없는 것 같다. 이십 대의 찬란한 몇 해를 잠시 보낸 후 평생 주책없다는 소리를 듣지 않으려고 점잖은 척해야 한다면 이 세상을 떠나는 순간 너무나 안타깝지 않을까?

가끔 내가 실린 기사에 달리는 댓글들을 본다. 좋은 이야기들도 있고 그렇지 않은 이야기들도 있다. 이젠 웃어넘길 여유도 생겼지만, 이따금 '이건 아니지!' 싶게 만드는 댓글들이 보인다. 그중에는 내 나이를 두고 '나이 들었다, 늙었다'고 지적하는 말들도 있다. 나는 이제 겨우 삼십 대일 뿐인데, 아직 살아갈 날이 훨씬 많은데, 여자 나이 삼십 대이면 꽃 같은 시절이 다 끝나버린 듯 말하는 글들을 대할 때마다 서운하기만 하다.

『내 슬픈 창녀들의 추억』은 예전에 가브리엘 가르시아 마르케스의 『백 년 동안의 고독』을 무척 인상 깊게 읽었던 터라 자연스럽게 펼치게 됐다. 책을 고를 때는 여러 기준이 작용하지만, 이전에 읽은 작품이 좋았던 작가의 책은 꼭 한 권 더 챙겨 본다.

그렇게 읽게 된 이 책은 아흔 노인과 열네 살 소녀의 사랑 이야기였다. 소녀는 어린 동생과 류머티즘에 걸린 어머니를 돌보기 위해 사창가로 나섰고 노인이 첫 손님이었다. 소녀는 너무 긴장한 탓에 진정제를 먹은 뒤 잠들어버리고 노인은 그런 소녀를 그저 바라보다가 사랑을 느끼게 된다.

이 책을 처음 읽었을 때 나는 '나이 듦'에 대해 숙고할 겨를이 없는 이십 대였다. 그래서 그저 외국이니까 가능한 이야기 정도로만 생각했다. 나와는 관계없는 먼 나라의 정서로 가득한 소설일 뿐이라고, 남아메리카의 후끈한 열기와 이국적인 향기 속에서 철들지 않은 노인의 이야기일 뿐이라고 기억 저편에 밀쳐두었다. 그런데 점차 나이에 대해 생각하다 보니 불현듯 이 책을 떠올리게 됐다. 그리고 다시 책장을 펼치니 처음과는 그 느낌이 전혀 달랐다. 예전에는 노인이 지나친 욕망에 사로잡혀 소녀에게 연연하는 거라 여겼는데, 이젠 그의 감정과 행동들이 이해되고 나도 그럴 수 있으리라는 공감으로 바뀌어 있었다.

아흔 살 노인은 소녀를 통해 육체성에 대해 깊이 고민한다. 노인이 되어도 사랑하고 사랑받고 싶은 욕구가 있으려니 막연하게 짐작했지만, 노인의 성욕이라는 현실적인 문제에 대해 생각해 본 적은 없었다. 노인이 어린 소녀를 사랑한다. 노부인이 아니라 증손녀뻘인 아가씨를 사랑하다니 주책이라고 손가락질 받을 만한 일이다. 그런데 언뜻 이해되지 않을 것 같은 노인의 마음결을 따라가노라면 노인이 느끼는 감정의 농도가 청춘만은 못할 거라는 생각이

속단임을 깨닫게 된다.

왜 부모님이나 할머니, 할아버지는 항상 인자하고 근엄하기만 하리라고 여겼을까? 그분들에게도 나와 같은 시절이 있었다. 육신은 시들고 나이가 들어가도 마음은 여전할 것이다. 나에게도 인생의 황혼이 찾아올 텐데 그때 나는 어떤 모습을 하고 있을지 궁금하다. '연세'라는 말이 더 걸맞은 나이에 기대되는 대로 꼭 점잖게만 살라는 법이 있을까? 먼 훗날에도 예쁜 옷을 입고 재미있는 곳을 찾아다니며 젊은이들 사이에도 거침없이 어울리고 애정 표현도 마음껏 하면서 아무쪼록 나이 들어도 계속 '나'이고 싶다. 남들의 시선에서 자유로워진 채 하루하루를 소중히 여기고 나에게 충실하며 철없이 살고 싶다.

내가 어떤 상황에서 어느 나이에 읽느냐에 따라 이해하는 폭이 달라진다는 것은 책이 지닌 신비로움 중 하나이다. 몇 년 전부터 나는 어릴 때 읽었던 고전을 다시 읽는다. 의무감으로 읽었던 그때와는 울림의 크기 자체가 다르다. 마치 다른 책을 새롭게 읽고 있는 것만 같다. 어제의 나와 오늘의 내가 다르기에 같은 내용도 전혀 다른 의미로 다가온다. 인생을 조금이라도 맛본 후에야 이해할 수 있는 책들을 그때 뭘 안다고 끌어안고 있었을까. 한 번 읽은 책을 다시 읽는 일은 뜻밖에 찾아온 흥미로운 여행과도 같다.

어쩌면 몇 년 후 지금 내가 쓰고 있는 책 이야기들을 다시 펼쳐 보게 되면 이런 생각들의 편린에 대해 조금쯤 부끄러워할지도 모르겠다. 훗날의 나는 지금과 또 다른 생각의 길에 접어들어 있을 테니까. 젊음에 취했던 이십 대에는 이렇게라도 '더 나이 든' 내 모습을 아예 떠올리지 않았다. 지금도 물론 먼 이야기이긴 하지만 노년의 나를 때때로 그려본다. 철이 덜 든 아이 같아도 열정적으로 유쾌하게 살고 있기를. 넉넉한 마음을 지닌 귀여운 할머니가 되어 있기를. 그때는 『내 슬픈 창녀들의 추억』이 또 어떤 느낌으로 다가올까?

…그리움의 터널을

Part 2

빠져나와…

세 상 에 서 가 장
아 름 다 운 부 녀

정채봉, 「그대 뒷모습」

'선생님' 하면 중학교 1학년 때 담임선생님이셨던 박현옥 선생님
이 떠오른다. 1991년, 내가 인천가좌여자중학교에 입학했을 때 그
분은 이제 부임하신 지 이 년밖에 안 된 열혈 교사였다. 학창 시절
에 만난 선생님들 중에 가장 열정적인 분이었는데, 무엇보다 여중
생이었던 나와 친구들의 눈높이를 잘 맞춰주셨다. 우리는 선생님
과 소극장에서 '우리들의 일그러진 영웅'을 봤고, 선생님의 자취방
에서 볶음밥을 해먹었으며, 속 깊은 고민까지 선생님에게 털어놓
았다. 선생님은 교실에 『십대들의 쪽지』라는 작은 청소년 잡지를
비치해 두었는데, 나는 거기에 실린 또래들의 고민을 읽으며 나만

괴로운 게 아니었구나, 라는 생각에 위안을 얻기도 했다. 또 반 친구들이 돌아가면서 '모둠 일기'를 쓰게 하여 기쁜 일도 슬픈 일도 함께 나누려 했다. 그렇게 선생님은 다양한 방식으로 끊임없이 우리와 소통했다.

선생님은 교실 뒤편 책꽂이에 모두가 자유롭게 볼 수 있도록 책을 꽂아놓기도 했는데, 그 작은 서가에서 나는 한 권의 책을 만났다. 정채봉 선생의 『생각하는 동화』였다. 마음이 통하는 사람끼리는 연결되게 마련이다. 나는 박현옥 선생님의 안내로 작가 정채봉을 알게 됐다. 이런저런 사소한 일들로 홀로 아파하던 사춘기 시절, 그 책은 나에게 의지를 주는 작은 안식처였다. 나는 『생각하는 동화』를 읽으면서 희망을 발견했고 미래를 꿈꿨고 사춘기의 날카로운 마음을 다스렸다.

그리고 그해 생일에 친구에게 정채봉 선생의 에세이집 『그대 뒷모습』을 선물 받았다. 그 책 속에는 여러 이야기들이 담겨 있었는데, 그중에서 「리태」가 제일 인상 깊게 남았다. 선생님의 초등학교 3학년 딸 리태에 대한 이야기였는데, 아버지가 정감 어린 문장 속에 담은 그 아이는 실제로 본 듯 생생하고 사랑스러웠다.

리태가 유치원에 다닐 때의 일이다. 새벽녘에 예비군 비상 훈련을 나가서 정오쯤 파했었다. 집으로 돌아오는데 연초록 유치원복을 입은 리태가 개울을 건너오고 있었다.
나는 오랜만에 딸아이의 손목을 잡고 들길을 걸었다. 오월의 논두

령에는 냉이며 민들레며 제비꽃들이 수도 없이 피어 있었다.

리태가 유치원 선생님으로부터 하느님 이야기를 들었다며 불쑥 물었다.

"아빠, 하느님은 어디에 계셔?"

나는 그때 풀꽃들에 몰두해 있었으므로 이렇게 무심히 대답했다.

"하느님은 이 작은 풀꽃 하나하나에도 계시단다."

그러자 느닷없이 리태가 이런 말을 했다.

"아빠, 그럼 하느님도 이 냉이꽃처럼 작고 이쁘시겠네."

리태의 이 한마디는 곡괭이가 되어 굳고 견고한 하느님에 대한 내 고정관념의 벽을 쿵 소리가 나게 허물었다.

이 부분을 읽으면서 우리 아버지를 떠올렸다. 아버지는 나를 사랑하지만 이런 대화를 나눌 수 있는 분은 아니었다. 대단히 엄격한 분이었다. 아버지는 내가 나이보다 성숙하기를, 어른스럽기를 기대했다. 하여 나는 고되고 힘겨운 사춘기를 보냈다. 우리 아버지는 왜 다정하지 않을까? 왜 나를 이해해 주지 않을까? 왜 나를 마음에 안 들어 하실까? 아버지와의 갈등은 끝날 줄 몰랐고 언제나 가장 큰 고민이었다. 어느새 아버지와 단둘이 있으면 부담스럽고 어색하기까지 했다.

그래서였나 보다. 「리태」라는 짧은 글이 마음에 그리 오래도록 남았던 이유는. 우리 아버지도 어린 나를 그저 예뻐하고 귀여워하고 받아주기만 한다면 얼마나 좋을까. 딸의 시선으로 눈높이를 낮

취 딸과 함께 세상을 둘러보는 이야기 속의 다정한 아버지가 부럽기만 했다.

그런데 나는 책이 아닌 현실에서 리태를 알게 됐다. 실제로 그 아이와 친구가 된 것이다. 처음 만났던 날, '정리태'라고 이름을 말했을 때 나는 「리태」에 나온 바로 그 소녀임을 직감했다.

"너희 아버지가 정채봉 선생님이시지?"

리태는 커다란 눈을 동그랗게 떴다.

"여태까지 내 이름을 듣고 우리 아버지가 누구인지 안 사람은 네가 처음이야."

책 속에서 만난 리태는 남다른 순수함을 지닌 열한 살 소녀였다. 상상해 왔던 모습과는 조금 달랐지만, 실제로 만난 리태는 책에서 느껴지던 분위기를 고스란히 지니고 있었다. 섬세한 감성과 풍부한 상상력을 지녔으며 여리고 감동도 잘 하는 아이였다.

대학교 4학년이었던 해, 정채봉 선생님이 많이 아프셨다. 수업이 끝나면 리태는 항상 아버지가 계신 병원으로 갔다. 날마다 아버지를 만나러 가는 리태가 대견해 보였다. 만약 우리 아버지가 아프셨다면 나는 저렇게 하루도 거르는 일 없이 만나러 갈 수 있을까. 리태는 병원에서 밤을 보내고 학교로 오곤 했고 그런 날들이 점점 많아졌다. 아버지를 대하기가 어렵기만 했던 나는 리태에게 물었다.

"병원에서 아빠와 무얼 하며 시간을 보내니?"

리태는 책을 읽어드린다고 했다. 글로 딸을 사랑스럽게 담아준 아버지가 병상에 계시고 이제 그 곁을 지키며 책을 읽어주는 딸이

라니. 참으로 눈물겹고도 아름다운 광경이 아닌가.

지금 나는 아버지에게 질문하곤 한다.

"도대체 아빠는 왜 그렇게 나한테 무뚝뚝했어?"

그러면 아버지는 웃으면서 대답한다.

"네가 그렇게 상처받는 줄 몰랐다."

도무지 답이 보이지 않았던 아버지와의 관계가 편안해진 까닭은 역시 세월 때문이리라. 정채봉 선생님과 리태가 오래도록 행복하기를 바랐지만, 안타깝게도 선생님은 하늘나라로 떠나셨다. 리태는 얼마나 아버지가 보고 싶을까. 그리움으로 때론 흔들리고 외로울 것이다. 내 친구 리태에게 해주고 싶은 말이 있다. 어린 시절, 나에게 정채봉 선생님과 너는 특별한 아버지와 딸이었다고. 내가 너무나 부러워한 아버지의 사랑을 가슴에 새기고 있으니 힘든 일이 있어도 잘 이겨낼 수 있을 거라고. 아버지 책에 이어서 이렇게 내 글에도 등장하다니 리태는 자꾸만 글로 담고 싶어질 정도로 사랑스러운 아이인 듯하다.

리태야, 어린 시절의 나에게

정채봉 선생님과 너는 특별한 아버지와 딸이었어.

내가 너무나 부러워한 아버지의 사랑을

가슴에 새기고 있으니 힘든 일이 있어도 잘 이겨낼 거야.

사 랑 의 환 상

따 뜻 한 멜 로

고등학교 시절, 나는 한창 사랑에 대한 환상에 빠져 있었다. 어른만 되면, 스무 살만 되면 소설 속에 나오는 사랑을 할 수 있으리라는 생각에 사로잡혔다. 첫사랑과 영원히 행복하게 살리라는 기대도 했던 것 같다. 그때부터 지금까지 사랑은 언제나 내 인생에서가장 큰 부분을 차지하고 있다. 그때의 나에게 사랑이란 경험해 보지 못한 미지의 감정으로, 노랫말이나 영화에서 그리는 아름답고황홀하고 행복한 감정 그 자체였다.

사랑에 대한 내 환상을 더욱 부풀게 한 것은 엘리자베스 브라우닝의 시 「내 그대를 얼마나 사랑하는지」이다. 샘터사에서 나온 『노란 손수건』을 읽다가 이 시를 만나게 됐다. 『노란 손수건』은 따뜻하고 감동적인 이야기들을 담은 책이었는데, 그 감정선 안에서 처음 이 시를 읽었을 때 어찌나 설레던지! 그때의 기분을 아직도 잊을 수 없다. 가슴이 두근거리고 목덜미에서 등까지 전율이 일었다. 소녀였던 나는 이 시를 읽으며 생각했다. 사랑에 빠지면 바로 이런 기분일 거라고.

이렇게 성스럽고 아름답게 진심을 다해 사랑을 표현하다니, 엘리자베스 브라우닝은 얼마나 멋진 여성인가! 로버트 브라우닝이 시만 보고 그녀와 어떻게 사랑에 빠질 수 있었는지 단박에 알 것 같았다. 같은 마음을 다른 시대, 다른 나라에 태어난 나에게도 불러일으키는 그녀의 시에 반했다. 시를 통해 사랑을 키우고 여러 난관을 극복한 로버트 브라우닝과의 낭만적인 사랑 이야기까지 더해지니 시구마다 별처럼 반짝거리며 사랑의 환상에 빛을 더했다.

이후 다른 책들에 수록된 「내 그대를 얼마나 사랑하는지」도 찾아 읽었는데, 『노란 손수건』에 수록된 번역시가 최고이다. 고전적인 느낌의 번역체로 누군가가 나에게 나지막이 읊조려주는 듯 우아하고 여성스럽게 느껴진다. 가장 좋아하는 시가 뭐냐고 묻는다면 나는 주저 없이 엘리자베스 브라우닝의 시를 꼽는다. 시에 담긴 사랑의 진정성은 어떤 연애시보다 단연 으뜸이다.

시간이 흘러 꿈에 그리던 연애도 해보고 사랑도 해봤다. 하지만 어린 시절에 꿈꿨던 영화 같은 사랑은 경험하지 못했다. 로미오와 줄리엣처럼 첫눈에 치명적인 불꽃이 튀어 죽음에 이르는 사랑

에 빠지거나, 신분 차이로 집안의 반대에 부딪혀서 아파하거나, 불치병처럼 어쩔 수 없는 상황 때문에 원치 않는 이별을 하거나…… 그런 일은 없었다. 심각한 걸 싫어하는 내 성격 때문에 나의 사랑은 시트콤처럼 발랄하고 유쾌하기만 했다. 내 사랑에 그런 드라마틱한 난관이 생길지라도 극단적인 감정으로까지 치닫지는 못할 것 같다. 그래서 절절한 연애소설이나 멜로 영화에 몰입해 있다가 현실로 돌아오면, 어차피 한 번 사는 인생인데 내 사랑은 왜 가슴 뛰는 멜로가 아니라 명랑만화 같을까 아쉬워하기도 한다. 하지만 이렇게 즐겁게 사랑할 수 있음에 감사한다.

같은 취미를 가지고, 같은 곳을 바라보고, 같은 꿈을 꾸고, 같은 가치에 우선순위를 두는 사람을 만났다. 극적인 러브 스토리는 아니지만 누구보다 편안하고, 말하지 않아도 서로의 마음을 알고, 항상 내 편인 사람이다. 편안하고 평범한 것이 더욱 좋고 소중하다는 사실을 알게 해준 이 사랑에 감사한다.

이 사랑이 무엇보다 고마운 건…… 배우가 내 길이 아닌 것 같아 도망칠까 방황하던 시기에 내가 계속 연기할 수 있도록 용기를 북돋워주고, 내 일을 사랑할 수 있도록 도와주고, 그렇게 한 걸음씩 앞으로 나아가며 내가 성숙할 수 있도록 이끌어줬다. 엘리자베스 브라우닝처럼 멋있게 표현할 능력은 없지만 내 나름의 방식대로 삶 속에서 잔잔하고 따뜻한 멜로를 그려나가고 있다. 엘리자베스 브라우닝의 시를 읽는 소녀의 마음으로 기원해 본다. 부디 함께 그려가는 우리의 멜로가 해피엔딩이기를.

내 그대를 얼마나 사랑하옵는지 말씀드리오리다.

감정이 시야에서 벗어나 생의 목적과 은총의 극치를 찾을 때

내 영혼이 도달할 수 있는

그 깊이와 그 넓이와 그 높이까지

나는 사랑합니다.

태양과 촛불, 일상생활의 가장 소박한 욕구를 나는 사랑합니다.

자유롭게 사랑합니다.

사람들이 정의를 추구하는 것같이 순결하게 사랑합니다.

그들이 찬양에서 물러서는 것같이

오래된 슬픔 속에서 살려온 정열과

어린 시절의 신앙으로 나는 사랑합니다.

나의 잃어버린 성자들에게

소실당한 것같이 생각되는 사랑으로 사랑합니다.

내 전 생애의 숨결, 미소, 눈물로 사랑합니다.

그리고 신이 허락하신다면 죽은 후에 더욱 사랑하오리다.

사 랑 이 끝 나 도

생 은 지 속 된 다

알랭 드 보통, 『왜 나는 너를 사랑하는가』

아이가 편식을 하듯 책을 읽는 데도 편독이 있다. 예전에 나는 편식이 심한 독서가였다. 좋아하는 작가, 장르, 출판사의 책들은 열렬히 환영했고 그렇지 않은 책들에는 손이 가지 않았다. 베스트셀러가 되기 전에 좋은 책을 먼저 발견하면 가슴이 뿌듯했다. 알려지지 않은 책을 읽으면서 나만의 보석을 발견한 듯 두근거렸다. 잘 모르는 사람이 권하는 책은 재미가 없었고, 취향이 비슷한 친구가 권하는 책은 단박에 읽었다. 낯선 외국 작가의 책은 지나치게 살피기도 했다. 번역이 매끄럽지 않으면 책장이 잘 넘어가지 않아 읽다 마는 경우도 꽤 많았다. 일본 소설도 잘 읽지 않았는데 처음 접한 몇 권이 너무 예쁜 팬시상품 같았기 때문이다.

이런 나를 편견 없이 다양한 독서의 세계로 다가서게 한 책들이 있었으니, 바로 미야베 미유키의 『화차』와 『이유』, 그리고 알랭 드 보통의 『왜 나는 너를 사랑하는가』였다. 미야베 미유키를 통해 다른 일본 소설들도 만나게 됐는데, 주제가 다양하고 이야기 소재도 넓어서 그 매력에 빠져버렸다. 알랭 드 보통의 책들은 내 이야기인 양 공감되는 내용이 많아서 "맞아, 나도 그랬어" 하고 끊임없이 무릎을 치게 한 것은 물론, 연애할 때 상대방의 입장에서도 깊이 생각해 보게 됐다. 독서에는 취향이 중요한 변수로 작용하지만 미야베 미유키와 알랭 드 보통 덕분에 지금은 큰 선입견 없이 이런저런 책들에 다가간다.

내 젊은 날을 관통하는 가장 큰 중심은 언제나 '사랑'이었다. 앞으로도 영원히 그러하리라. 사랑을 하고 사랑을 받는 일만큼 나를 살아 있게 하고 행복하게 만들어주는 일은 없다. 부모와의 사랑, 형제간의 사랑, 연인과의 사랑, 친구와의 사랑…… 이 모든 사랑이 나를 존재하게 하고 내 삶을 충만하게 해준다.

이십 대에 처음 연애를 하면서 내 인생에서 사랑이 한꺼번에 큰 부분을 차지하게 됐다. 처음 다가온 사랑이라는 감정이 당황스러워 많은 고민의 나날도 보냈다. 그렇게 첫 만남이 이루어지고 사랑이 시작되고 한창 달콤한 시절을 보내다가 다투고 권태기가 밀려들고 멀어지고…… 그 후에는 이 모든 과정을 극복하고 더욱 단단

하게 결속되느냐, 서로를 맥없이 놓아버리느냐, 연인들은 힘겨운 기로에 선다. 나 역시 그랬었다.

돌아보니 사랑에 대한 기억들이 무수히 떠오른다. 사랑에 눈멀어버린 시절, 세상에 이토록 열렬한 커플은 우리밖에 없을 거라고 내 사랑을 자랑하면서 남들에게 자꾸만 알리고 싶었던 기억. 이런 에너지가 내 어디에 숨어 있었는지 놀라워하며 밤새 통화했고, 그러고도 남은 이야기가 한참이라 차마 전화를 끊지 못했던 기억. 어른스럽고 성숙하게 사랑하고 싶었지만 시시때때로 아이로 돌아가 스스로도 몰랐던 내 모습을 들키고 한없이 유치해졌던 기억. 나는 왜 비슷한 실수를 되풀이하는 걸까 자책하면서도 사랑은 이성으로 통제되지 않는다는 걸 깨달았던 기억. 설렘을 주고, 추억으로 만들고, 상처와 아픔을 새기고, 어른으로 자라나게 했던 그 기억들이 너무나 소중하다. 모든 기억이 내 열렬했던 사랑의 조각들이다.

내가 너를 사랑하는 것은 너의 재치나 재능이나 아름다움 때문이 아니라 아무런 조건 없이 네가 너이기 때문이다. 내가 너를 사랑하는 것은 너의 눈 색깔이나 다리의 길이나 수표책의 두께 때문이 아니라 네 영혼 깊은 곳의 너 자신 때문이다.

오래전 어느 사랑이 끝나가던 즈음 알랭 드 보통의 『왜 나는 너를 사랑하는가』를 읽게 됐다. 남녀의 헤어짐은 어느 한쪽의 일방적인 잘못 탓은 아니지만, 먼저 받아들이는 사람과 좀처럼 받아들이지 못하는 사람 사이에 격렬한 갈등이 불거지기 마련이다. 한때 예쁘게 사랑했던 우리가 정말 맞는지 의심스러울 정도로 인격의 바닥을 드러내기도 한다. 쿨하고 멋지게 안녕할 수 있으면 좋으련만 내 마음과 달라진 상대방에게 화를 냈다가 용서를 구했다가 매달리기도 한다. 내가 어떤 모습으로 비치는지는 생각도 못한 채 지나치게 행동하게 되는 것이다. 그런 모습이 상대방을 더 멀어지게 한다는 생각을 할 겨를도 없다.

나 역시 그런 시간들로 지쳐가고 있을 때 그저 멍하니 시간을 보내려고 이 책을 무심코 집어 들었다. 처음 읽었던 이 책의 보라색 표지는 내 취향도 아니었는데, 아무 기대 없이 읽은 책에 어느새 나는 깊이 공감하고 있었다.

> 어쩌면 우리가 존재한다는 것을 보아주는 사람이 나타날 때까지 우리는 사실상 존재하지 않는다는 말이 맞는지도 모른다. 우리가 하는 말을 이해하는 사람이 나타날 때까지 우리는 제대로 말을 할 수 없다는 것도. 본질적으로 우리는 사랑을 받기 전에는 온전히 살아있는 것이 아니다.

이 책은 사랑이라는 불가해한 감정이 다가왔다가 멀어지는 아름답고도 슬픈 '과정'의 이야기였다. 주인공은 연인 클로이를 처음 만났을 때 모든 것에 의미를 부여하며 운명이라 믿게 된다. 그리고 불완전한 인간일 뿐인 그녀를 이상화시켜 사랑하기 시작한다. 서로를 알아가고 맞춰가며 설렘과 두려움을 느끼고 불현듯 권태기를 맞게 되며 오해하고 이별에 이른다. 그 모든 사랑의 과정이 어찌나 위트 넘치고 유머러스하게 그려져 있던지. 두 사람이 헤어지는 장면에서는 눈물이 흐르고 말았다. 사랑이 끝났다는 사실을 받아들이기란 얼마나 힘든가. 우리의 관계가 속절없이 변했음을 인정하는 것은 어렵기만 하다. 전부 상대방의 탓인 것 같아 원망이 가득 쌓인 채 뒤돌아보면 가슴이 아프다. 모든 햇살이 나만 따라다니는 것처럼 환하고 찬란했던 시작이 있었는데……

> 오늘은 이 사람을 위해서 무엇이라도 희생할 수 있을 것 같은데, 몇 달 후에는 그 사람을 피하려고 일부러 길 또는 서점을 지나쳐 간다는 것은 무시무시하지 않은가. 나는 클로이에 대한 내 사랑이 그 순간의 내 자아의 본질로 이루어진 것이라면, 그녀에 대한 내 사랑이 한시적인 것으로 끝을 맺는다는 것은 다름 아닌 내 일부의 죽음을 의미한다는 것을 깨달았다.

이 책을 읽고 나서 연애를 할 때 내 모습을 객관적으로 돌아보게 됐다. 상대방을 배려하지 못했던 이기적인 행동들도 떠올랐다. 다행스럽게도 주인공이 새로운 사랑을 다시 만나는 마지막 장면에서는 어두워졌던 마음에 빛이 스며드는 것만 같았다.

아직 인생에 대해 잘 모르지만 짧은 삶이나마 뒤돌아보면, 나는 사랑을 많이 하라고 말하고 싶다. 아플 때는 충분히 아프라고 말하

내 젊은 날을 관통하는 가장 큰 중심은 언제나 '사랑'이었다.

앞으로도 영원히 그러하리라.

사랑을 하고 사랑을 받는 일만큼

나를 살아 있게 하고 행복하게 만들어주는 일은 없다.

고 싶다. 사랑과 이별의 경험이야말로 더욱 지혜롭게 사랑할 수 있게 만들어준다. 사랑을 잘 받는 사람이 사랑도 잘 주고 그 가치를 소중하게 존중할 줄 안다고 믿는다. 『왜 나는 너를 사랑하는가』를 읽으면서 무수한 생각을 거친 후 나에게 남은 진실이 하나 있다. 사랑이 끝나는 이유는 누구의 잘못도 아니며, 사랑이 끝났다고 세상까지 끝나는 게 아니라는 사실이다. 사랑이 끝나면 이런 사랑은 두 번 다시 찾아오지 않을 것 같지만, 우리가 모르는 시간 속에 더 성숙하고 아름다운 사랑이 기다리고 있다.

함 께 있 어 도
외 롭 다 면

법륜, 「스님의 주례사」

이 책을 쓰려고 마음먹은 것은 〈적도의 남자〉 촬영을 끝내고 난 이후였다. 이야기로 담을 책들을 고르고 글을 쓰려는 찰나에 〈내 딸 서영이〉에 출연하게 되면서 원고 작업을 잠깐 미루었다. 〈내 딸 서영이〉가 끝나자마자 다시 쓰기 시작했는데 드라마의 여운이 여전히 남아 있는 터라 자꾸만 그와 연관된 이야기들이 자연스럽게 흘러나온다. 다른 작품들도 다 소중하지만 〈내 딸 서영이〉는 나에게 정말 많은 것을 준 작품이다.

나는 아직도 내 세상 안에 갇혀 웅크릴 때가 있다. 나를 활발한 사람으로 여겨주는 사람들이 많은데, 사실 나는 낯을 가리고 타인에게 나 자신을 잘 보여주지 못한다. 자주 보는 사람과만 만나고 익숙한 장소에만 간다. 시사회나 행사장, 시상식도 낯설기만 하다. 그저 내 공간 안에 있을 때가 가장 편안하다. 어색한 순간이 오면 나도 모르게 말이 많아지고 괜찮은 척하느라 털털해 보이기도 할 것이다. 하지만 나는 또 그런 내가 어색해서 혼자 민망해진다. 나는 내게 보이는 대로만 세상을 이해하고, 그 울타리 밖으로는 나갈 엄두가 안 나기도 한다.

그러던 내가 삼십 대에 이르러 조금 유연해지더니 〈내 딸 서영이〉를 찍으면서 사람에 대해 많이 돌아보게 되고 인정하게 됐다. 아직 부족하지만 조금은 성숙해지고 어른이 된 듯한 기분이 든다. 성숙함에 대한 자각, 〈내 딸 서영이〉를 마친 후 얻게 된 가장 큰 선물이다.

나에게 가장 큰 취미이자 휴식은 책 읽기이다. 드라마를 찍는 와중에도 머리를 식히기 위해 항상 몇 권의 책을 읽곤 했는데, 〈내 딸 서영이〉를 촬영하면서는 단 한 권도 읽지 못했다. 매주 두 권의 대본을 받을 때마다 배우고 돌아보고 깨닫는 시간이 많아졌기 때문이다. 가족에 대하여, 부모와 자식의 역할에 대하여, 핏줄에 대하여, 자존심에 대하여, 타인의 인생에 대하여, 각자의 입장에 대하여……. 상념들은 꼬리를 물고 또 다른 생각을 낳아 드라마를 찍고 나서도 여운이 길게 남았다. 가슴 한쪽에 무거운 돌덩이를 올려놓은 듯 먹먹하고 아무 생각도 나지 않을 만큼 무기력했다. 서영이를 떠나고 싶지 않아 기분이 침체되기도 했지만 드라마를 촬영하는 긴 여정 동안 나도 성장했기에 그 느낌을 놓고 싶지 않았다.

드라마의 막바지에 들어서면서 줄곧 '홀로서기'에 대해 생각했다. 누구에게도 의지하지 않고 온전히 내 힘으로 홀로 선다는 것은 무엇일까? 나 자신을 찾는 것, 나를 소중하게 여기고 존중한다는 것은 무엇일까? 밝게 자라지 못했던 서영이는 현실에서 도피하기 위해 결혼을 한다. 떳떳하지 못한 약자의 입장에서 시작한 결혼 생활이라 동등한 부부로 관계 맺는 것이 어려웠다. 마침내 숨겨진 진실이 밝혀지고 서영이는 홀로서기를 선언하며 집을 나간다.

서영이를 연기하면서, 그리고 그런 그녀를 바라보는 시청자들의 시선을 대하면서 결혼에 대해 생각하는 시간을 가졌다. 서영이가 용서를 구하고 다시 집으로 돌아가야 한다는 사람들도 있었고, 서영이의 홀로서기를 지지해 주는 사람들도 있었다. 나는 자연스럽게 내가 어떤 사람이 돼야 할지 고민하게 됐고, 행복하고 동등한 결혼 생활을 하려면 나 자신부터 주체적인 사람이어야 한다는 걸 깨달았다.

그러던 차에 〈내 딸 서영이〉에서 시어머니 역할로 나오신 김혜옥 선생님이 법륜 스님의 『스님의 주례사』를 선물해 주셨다. 좋은 말씀이 담긴 불교 서적이려니 하고 드라마 종영 후에 읽으려고 침대 옆 책장에 꽂아두었다. 어느 날 밤, 침대에 앉아 생각의 가지를 뻗고 있는 와중에 이 책이 갑자기 눈에 들어왔다. 그렇게 펼쳐 든 책을 나는 빠져들듯 읽어갔다. 맞다, 이거였어! 그 당시 내 생각을 사로잡았던 홀로서기와 일치하는 구절이 첫 장에 있었던 것이다. 「기대고 싶어 사랑한다면」이라는 제목의 글이었다.

이래도 좋고 저래도 좋으려면 혼자 있어도 외롭지 않아야 하고, 둘이 있어도 귀찮지 않아야 합니다. 온쪽이 되면 혼자 있어도 외롭지 않고, 둘이 있어도 귀찮지 않게 됩니다. 상대에게 바라는 것이 없기 때문에 귀찮을 일이 없는 겁니다. 혼자 있어도 외롭지 않은 것은 누구한테 바랄 것이 없으니 부족함이 느껴지지 않는 겁니다. 혼자 살아도 되고, 같이 살아도 되니까 선택이 자유롭습니다.

예전에는 결혼에 대한 환상이 있었다. 동화나 영화, 드라마의 해피엔딩은 결혼이고, '그리고 그들은 행복하게 살았다'는 문장으로 이야기가 끝난다. 이십 대에 나는 열심히 학교에 다니다가 졸업한 후 남들이 부러워할 만한 직장에 다니다 보면 운명 같은 사랑을 만나서 결혼을 하게 될 거라는 막연한 꿈을 꾸기도 했다. 당연히 그 후에도 행복한 결혼 생활이 이어질 것이라고 믿었다. 내 남편은 부족한 나를 감싸고 보호하며 이끌어주는, 내가 충분히 기댈 수 있는 남자였으면 좋겠다고 바랐다. 결혼에 대해 그런 마음가짐으로 그리 쉽게 생각했다니. 결혼 이전에 홀로 서서 행복하게 살아갈 수 있으리라고 왜 생각하지 못했을까? 왜 누군가에게 기대어야 인생이 완성된다고 믿었을까?

우리는 배우자를 반쪽이라고 표현하기도 한다. 내 반쪽은 어디에 있나, 내 반쪽을 왜 이제야 만났나, 라고 말이다. 스님은 이렇게 말씀하셨다. 상대에게 기대어 외로움을 채우려고 하면 완전한 행복에 이를 수 없다고. 그 반쪽을 잃어버리면 나도 다시 반쪽으로 남기 때문이다.

〈내 딸 서영이〉와 『스님의 주례사』를 통해 나 자신이 스스로 온전한 사람이 돼야 한다는 사실을 깨달았다. 어리다는 이유로, 여자라는 이유로 나약해져 타인에게 의지하려 했던 나의 미성숙을 돌아봤다. 삶은 끊임없는 '기브 앤 테이크give & take'인 것 같다. 내가 온전한 사람이어야 온전한 사람을 만날 수 있다. 세상에는 공짜가 없다. 내가 상대에게 기대하는 만큼 상대도 나에게 기대하게 마련이고, 얻는 게 있다면 또한 잃어버리는 게 있다.

> 이렇게 우리가 자신의 마음을 보며 상대의 마음을 짐작해 보면 굳이 사랑이라는 말을 내세우지 않아도 얼마든지 행복하게 살 수 있습니다. 이때 비로소 사랑이란 말을 안 써도 사랑인 겁니다. 상대를 인정하고 상대를 이해하는 것이 바로 사랑인 거예요.

책을 읽다 보면 법륜 스님이 직접 말씀을 들려주시는 듯한 착각에 빠진다. '아, 그렇구나' 하고 맞장구를 치게 되고, 어떤 때는 자꾸만 인내하고 이해하라는 스님에게 '그러니까 사람이지요' 하고 손사래를 치고 싶기도 하다. 스님의 말씀처럼 사는 일이 녹록지는 않다. 하지만 인연을 만들어가는데 이 정도의 각오도 없이 시작하지 말라는 말씀이려니, 결혼도 인생도 끊임없는 수행의 길이겠거니 하며 미소를 지어본다.

내가 온전한 사람이어야 온전한 사람을 만날 수 있다.

세상에는 공짜가 없다.

내가 상대에게 기대하는 만큼 상대도 나에게 기대하게 마련이고,

얻는 게 있다면 또한 잃어버리는 게 있다.

수 많 은   사 람 들   속 에 서

공 허 하 고   외 로 울   때

법정, 「함부로 인연을 맺지 마라」

살면서 수많은 사람들을 만났다. 배우라는 직업의 특성상 평균 이상으로 훨씬 더 많은 사람들을 만나고 있을 것이다. 드라마 한 편을 촬영해도 스태프만 수십 명인 데다가 그동안 나를 위해 일해 준 매니저와 스타일리스트들도 한두 사람이 아니다. 여러 관계자들, 감독님, 작가님, 동료 연기자들에 이르기까지 분기별로 많은 사람들과 새롭게 만나서 일한다.

가끔은 혼란스러울 때도 있다. 어떤 배우는 내가 TV로 봐서 아는지, 함께 촬영한 적이 있는지 헷갈린다. 이따금 나를 보고 반갑게 인사하는 분이 있는데 누구인지 잘 떠오르지 않아 멍하게 있다가 타이밍을 놓쳐 민망해지기도 한다. 그런데도 인연은 멈추지 않고 계속 새롭게 이어지고 만들어진다.

십 년을 주기로 가깝게 지내는 사람들이 바뀐다는 말을 어디선가 본 적이 있다. 한때 이보다 가까워질 수 있을까 싶던 사람이 어느 순간 멀어지기도 하고, 새로운 인연에 마음이 더 쓰이기도 한다. 인연들로 인해 행복할 때도 있고 힘들 때도 있고 회의가 들 때도 있다. 내 마음 같지 않은 상대로 인해 서운해하기도 실망하기도 한다. 그러나 위로를 받고 마음이 따뜻해져 감사할 때도 많다.

사회생활을 시작했을 당시에는 학교와 가족이라는 좁은 울타리 안에서만 이루어지던 인간관계의 폭이 갑자기 넓어지면서 어떻게 해야 할지 몰라서 깜깜하기만 했다. 처음 접하는 상황들이 낯설기도 했고 사회에서의 내 모습을 정립하지 못한 시절이라 실수도 하고 상처도 받았다.

하지만 시간이 흐르면서 인간관계에 대한 방법도 나름대로 터득하고 사회적인 자아도 만들어지면서 인연의 폭이 점차 넓어졌다. 낯가리는 성격이지만 겉으로는 드러내지 않게 됐고, 때로는 다른 사람에게 먼저 다가가는 일도 생겼다. 나에게 다가오는 이에게는 적극적으로 마음의 문을 열어 점점 많은 인연들을 만들었다. 그러다가 어느 순간, 사위가 고요해지며 나와 이어진 무수한 인연들에 대해 헤아려보게 됐다.

주위에 많은 사람들이 있어도 외롭고 공허해졌다. 사람을 만나는 일이 피곤할 때도 생겼다. 어떤 사람에게는 나 자신이 아닌 모습을 보여줘야 했다. '이토록 많은 사람들이 내 생애에 반드시 함께 가야 하는 인연들인가? 많은 만남들로 인해 정작 내가 소중히 생각해야 하는 인연을 서운하게 하지는 않았을까'라는 생각에 혼란스러웠다. 사회생활을 하기에 어쩔 수 없이, 남들의 입에 오르내리기 싫어서 눈치를 보며 억지로 이어간 만남도 있었다.

문득 이런 관계들에 지친다는 생각이 들었다. 그런 인연들을 챙기느라 가족과 친구들, 내게 진정 소중한 사람들을 뒷전에 두고 말았다. 더 이상 이렇게 피로하게 살지 말고 사랑하는 이들에게 집중하고 싶어졌다. 나 자신을 솔직하게 내보일 수 있는 사람, 마음이 편안해지고 따뜻해지는 사람, 진심으로 함께 웃을 수 있는 사람과의 인연을 더욱 소중히 해야겠다는 마음으로 주변 정리를 시작했다.

그렇게 마음먹은 뒤로는 끝없이 이어지는 약속들을 물리고 집에서 많은 시간을 보냈다. 가족과 자주 식사하고 엄마와 영화를 보고 맛집을 찾아다녔다. 일을 핑계로 소원했던 친구를 찾아갔다. 어린 시절을 함께 공유한 친구들이 새삼 편안하게 다가왔다.

결과적으로 시간이 흐르고 보니 일로 엮인 약속들을 거두었는데도 사회생활은 달라지지 않았다. 내가 우려했던 일은 일어나지 않았다. 내 일에 특별히 지장이 생기지도 않았다. 나 혼자 맞춰가려고 허우적대고 있었던 것이다. 물론 처음에는 아쉬운 소리를 들었지만 나는 더 즐겁게 일할 수 있었고, 내가 버림으로써 얻은 것은 나의 시간, 나의 사람, 더 깊어진 관계들이었다. 바쁘다는 변명으로 소홀했던 인연이 얼마나 소중한지, 얼마나 나를 안정시켜주는지. 얼마나 느긋한 여유를 더 많이 만들어주는지…….

그래선지 나는 친구가 많지 않다. 정말 친한 친구가 몇 명이냐고 물으면 다섯 명도 꼽을 수 없다. 그런데도 하루하루 알차게 바쁘다. 나는 스스로 만족하고 있지만 가끔은 지금 내가 잘하고 있는지, 잘 살고 있는지 자문하게 된다. 나만 눈치를 못 챈 채 주위에 실수한 것은 없는지 돌아보기도 한다.

그러던 어느 날, 한 친구가 무척 공감되는 글귀라면서 법정 스님의 산문을 보여줬다. 그 글 속에는 내가 추구했던 인간관계가 담겨 있었다. 나는 깨달았다. 내가 충실하게 맺고 싶은 인연이란 이런 것이었구나. 나도 이렇게 살아가야겠구나.

진정한 인연과 스쳐 가는 인연은 구분해서 인연을 맺어야 한다. 진정한 인연이라면 최선을 다해서 좋은 인연을 맺도록 노력하고 스쳐 가는 인연이라면 무심코 지나쳐버려야 한다. 그것을 구분하지 못하고 만나는 모든 사람들과 헤프게 인연을 맺어놓으면 쓸 만한 인연을 만나지 못하는 대신에 어설픈 인연만 만나게 되어 그들에 의해 삶이 침해되는 고통을 받아야 한다.

인연을 맺음에 너무 헤퍼서는 안 된다. 옷깃을 한 번 스친 사람들까지 인연을 맺으려고 하는 것은 불필요한 소모적인 일이다. 수많은 사람들과 접촉하고 살아가는 우리지만 인간적인 필요에서 접촉하며 살아가는 사람들은 주위에 몇몇 사람들에 불과하고 그들만이라도 진실한 인연을 맺어놓으면 좋은 삶을 살아가는 데 부족함이 없

다. 진실은 진실한 사람에게만 투자해야 한다. 그래야 그것이 좋은
일로 결실을 맺는다. 아무에게나 진실을 투자하는 건 위험한 일이
다. 그것은 상대방에게 내가 쥔 화투 패를 일방적으로 보여주는 것
과 다름없는 어리석음이다. 우리는 인연을 맺음으로써 도움을 받기
도 하지만 그에 못지않은 피해도 많이 당하는데 대부분의 피해는
진실 없는 사람에게 진실을 쏟아부은 대가로 받는 벌이다. 애써 인
연 맺지 말라. 만날 인연이라면 돌아가더라도 만나리라.

　발 넓은 것이 인격처럼 여겨지고 내가 너무 사회적이지 못한 사
람인가 고민했던 시절, 그때 만난 이 글귀는 가슴을 파고들었다.
나는 여전히 사람을 쉽게 사귀지 못한다. 아니, 굳이 그럴 필요를
느끼지 못한다. 진정한 인연이라면 오랜 시간을 두고라도 조금씩
가까워진다고 믿는다. 결혼을 준비하면서 인연에 대해 많은 생각
을 했다. 결혼식에 초대할 분들을 하나하나 헤아리다 보니, 수없이
스쳐 지나간 이들 중 정말 소중한 인연들이 나에게 남아 있음을
느꼈다. 앞으로 얼마나 더 귀한 인연을 맺을지 모르지만, 지금 이
어져 있는 따스한 인연을 놓지 않고 간직하리라. 그것만으로도 나
는 참 가진 게 많은 사람이다.

낯 선 세 상 으 로
발 걸 음 을 내 딛 다

조조 모예스, 『미 비포 유』

나는 직접 서점에 가서 책을 산다. 서점에 한 번 가면 꽤 많은 책을 한꺼번에 골라 온다. 앞에서도 잠깐 이야기했지만, 책을 고르는 나만의 기준이 있어서 평소 좋아했던 작가의 신작, 선호하는 출판사, 각종 문학상 수상작 위주로 선택한다. 편견일 수 있다는 걸 알면서도 팬시상품처럼 포장된 책이나 베스트셀러는 아예 외면해 버릴 때가 많다. 내가 먼저 읽은 후에 널리 알려지면 상관없지만, 베스트셀러 순위권 안에 있는 책들에는 이상하리만치 눈길이 닿지 않는다. 우리말로 쓰여 있는데도 우리말 같지 않게 번역된 책인 경우에도 참을 수 없는 기분이 든다. 번역이 엉망인 책은 아무리 재미

있는 내용이어도 이해 불가능한 문장들과 씨름하느라 기진맥진해 진다. 그래서 외국 작가의 책을 고를 때는 더욱 신중을 기하게 된다. 이런 기준들에 따르면 조조 모예스의 『미 비포 유』는 낯선 작가에 베스트셀러인 데다가 번역서인지라 내 눈에 들어올 책이 아니었다.

최근 몇 달간은 서점에 가지 못했다. 정신적으로 바닥을 친 느낌이어서 뭔가 생산적인 일을 한다는 것이 버거웠다. 가까운 사람만 겨우 만났고 멍하게 틀어박혀 무엇도 생각하고 싶지 않았다. 예전에는 나에게 휴식이 되어줬던 독서마저 피하고 싶었다. 활자는 쳐다보기도 싫은 '일'이 되어 있었다.

그렇게 무기력하게 지내던 중에 어느 팬이 책 두 권을 보내주었다. (솔직히 말하면 나는 책 선물을 그다지 반기는 편은 아니다. 책은 취향에 따라 예민하게 호불호가 갈리는데, 선물을 하려면 상대의 취향을 속속들이 알기 전에는 누구나 좋아할 만한 '무난한 책'을 생각하게 되고, 그러다 보면 잘 알려진 책만 고를 수밖에 없기 때문이다.) 그분이 전해주신 책 중 한 권은 이상문학상 작품집이었고, 또 다른 한 권이 바로 『미 비포 유』였다. 책을 받았을 때 매년 열심히 챙겨 읽어온 이상문학상 작품집은 무척 반가웠다. 그런데 『미 비포 유』는 제목도 매혹적으로 다가오지 않았고 뒤표지의 짧은 소개글도 그다지 인상적이지 않아 그저 가벼운 로맨스 소설인 줄 알았다.

그러고 나서 얼마 후 여행을 떠났다. 여행지에서 게으름을 피우며 읽는 책은 나에게 진정한 휴식이자 커다란 유희가 되어줬지만 이번 여행에는 어떤 책도 보고 싶지 않았다. 아무 생각 없이 그냥 늘어져 있을 계획으로 막상 집을 나서자니 자꾸만 뭔가를 빠뜨린 듯 허전했다. 혹시나 무료해질지 모르니 책을 딱 한 권만 챙기기로 마음을 돌렸고, 그렇게 책장 앞을 서성이노라니『미 비포 유』가 눈에 들어왔다. 가벼운 사랑 이야기라면 괜찮겠지 싶었다. 그런데 여행지에 도착하기도 전에 나는 이미 비행기 안에서 이 책을 다 읽고 눈물을 펑펑 흘렸다.

루이자 클라크는 자기가 태어난 고향을 벗어난 적이 한 번도 없고 오직 그곳만이 세상의 전부인 줄 아는 여자이다. 그런 그녀가 넓은 세상을 경험하고 수많은 도전을 즐기며 살아왔지만 장애를 얻어 세상 밖으로 나갈 수 없는 윌 트레이너를 만나게 된다.

정원의 진정한 가치를 알게 되려면 나이가 좀 들어야 한다고들 한다. 내가 생각해도 어느 정도는 사실인 것 같다. 아마도 위대한 삶의 순환 고리 때문이리라. 황량하고 쓸쓸한 겨울을 지나고도 새로 싹을 틔우는 식물들의 부단한 낙관주의를 보고 있자면 어쩐지 기적이라는 느낌이 든다. 매년 다른 모습을 보는 기쁨, 자연이 정원 구석구석을 한껏 활용해 아름다움을 뽐내는 방법을 지켜보고 있노라면 경이롭다. (…) 그 애에게 소리 없이 말해 주어야 했다. 지금과 달라질 수 있다고, 자라나든 시들어 죽어가든 삶은 계속된다고. 우리 모두 그 위대한 순환 고리의 일부라고. 오로지 신만이 이해할 수 있는 어떤 패턴이 있다고.

월을 통해 드디어 넓은 세상으로 나아가는 문을 열게 된 루와 어쩔 수 없는 선택을 할 수밖에 없는 월, 두 사람의 마음을 따라가다가 나 자신이 이토록 건강한데 뭐가 그리 힘들다고 헤어나오지 못하는지 스스로에게 미안해졌다. 그리고 월의 한마디가 내 마음을 울렸다. 스쿠버 다이빙을 한 번도 해본 적이 없어 겁내는 루가 바다 앞에서 망설이다가 월에게 용기를 얻어 마침내 바닷속으로 뛰어든다. 루는 신비롭고 푸른 세상을 만나 이루 말할 수 없는 황홀함을 느낀다. 그리고 왜 더 빨리 스쿠버 다이빙을 하게 해주지 않았냐고 월에게 묻는다. 그가 대답한다. "모르겠어요, 클라크. 아무리 말해 줘도 안 듣는 사람들이 있더라고."

나도 루와 같을 때가 있지 않았을까? 주변에서 나를 위해 건네는 말들이 잘 들릴 때도 있지만, 아무리 말려도 내가 직접 뛰어들어 다쳐본 이후에야 그게 아닌 줄 깨달았던 때도 있었다. 누군가 권유했던 일들을 무심히 넘기다가 우연한 기회에 경험하고 이걸 왜 이제야 알게 됐을까 싶을 때도 있었다.

그래도 나의 여러 가지 면면들 중 내가 좋아하는 모습은 겁이 별로 없다는 것이다. 낯선 경험을 두려워하거나 생경한 상황에 거부감을 갖지 않는 편이다. 다만 게으르지는 않아도 내가 귀찮아하는 것들은 너무 많다. 새로운 경험을 즐기기는 하지만 거기까지 이르는 길이 결코 가깝지 않다.

주변에서 나를 위해 건네는 말들이 잘 들릴 때도 있지만, 아무리 말려도

내가 직접 뛰어들어 다쳐본 이후에야 그게 아닌 줄 깨달았던 때도 있었다.

누군가 권유했던 일들을 무심히 넘기다가 우연한 기회에 경험하고

이걸 왜 이제야 알게 됐을까 싶을 때도 있었다.

루와 윌을 만나면서 살날이 무수하다는 이유로 내가 충분히 할
수 있는 경험들을 무의미하게 하루하루 미룬 것이 아닌가 돌아보
게 됐다. 누군가에게는 간절한 하루인데 나는 나태하게 흘려보내
지 않았는지 새삼 스스로에게 미안한 마음이 들었다. 무기력하게
매일매일을 흘려보내는 나 자신과 윌의 모습이 겹쳐지면서 슬펐
나 보다.

> 이게 끝입니다. 당신은 내 심장에 깊이 새겨져 있어요. 클라크. 처음
> 걸어 들어온 그날부터 그랬어요. 그 웃기는 옷들과 거지 같은 농담
> 들과 감정이라고는 하나도 숨길 줄 모르는 그 한심한 무능력까지.
> 이 돈이 당신 인생을 아무리 바꾸어놓더라도, 내 인생은 당신으로
> 인해 훨씬 더 많이 바뀌었다는 걸 잊지 말아요. 내 생각은 너무 자주
> 하지 말아요. 당신이 감상에 빠져 질질 짜는 건 생각하기 싫어요. 그
> 냥 잘 살아요. 그냥 살아요. 사랑을 담아서. 윌.

여행지에서 돌아오자마자 이 책을 보내주신 팬에게 다시 고맙
다는 메시지를 전했다. 좋은 책을 만난 기쁨으로 들떠서 이 책을
친구들에게 권했는데 이미 많은 사람이 읽고 있었다. 그리고 이 책
이 꽤 오랜 기간 동안 베스트셀러였다는 사실을 뒤늦게 알았다. 한
참 동안 서점에 가지 못했으니 잘 몰랐던 것이다. 고마운 팬이 아
니었으면 이토록 좋은 책을 놓쳤으리라는 생각에 아찔해져서 책
에 대한 나의 편견이 조금 바뀌었다. 베스트셀러여도, 제목이 마음

에 썩 들지 않아도, 표지가 '팬시'해도 예기치 않게 소중한 독서 시간을 선사하는 책이 있음을 알게 해준 『미 비포 유』처럼 앞으로도 나의 편견들을 즐겁게 깨뜨려줄 책들을 많이 만났으면 좋겠다.

Part 3

… 이야기가 지나간 자리에서 …

몰 입 의   즐 거 움

웰 컴 투 밀 레 니 엄 월 드 !

스티그 라르손, 밀레니엄 시리즈

누구에게나 책을 고르는 자신만의 기준이 있을 것이다. 나도 그렇다. 나는 작가와 출판사, 수상작 등을 차례로 살핀다. 너무 흥미 위주이거나 상업적인 느낌을 풍기는 책에는 손이 잘 가지 않는다. 물론 실제로 책을 고를 때는 내가 평소 정해놓은 기준을 엄격하게 적용하는 것은 아니다. 계절을 타기도 하고 그때그때의 기분이나 바로 직전에 읽은 책에 따라서도 선택의 길이 달라진다. 울적할 때는 유쾌한 책을, 아무 생각도 하기 싫을 때는 추리소설을, 정서적으로 허전함을 느낄 때는 고전을, 지적 욕구가 솟구칠 때는 인문서를 읽는다.

활자중독증 비슷한 증상이 있어서 뭔가를 읽고 있어야 안심이 된다. 침대 머리맡에는 읽다가 잠든 책들이 항상 놓여 있다. 이런 내가 한동안 모든 책에 흥미를 잃은 적이 있다. 그것도 일 년씩이나 말이다. 어떤 소설이 너무 재미있었던 나머지 다른 책들이 눈에 들어오지 않았던 탓이다.

어느 날, 우연히 어떤 신문 기사를 보게 됐다. 스웨덴의 어느 작가가 심장마비로 사망했는데 사후에 그와 사실혼 관계였던 연인과 그의 가족 사이에 법적 분쟁이 일어났다는 내용이었다. 그 작가는 스티그 라르손이었다. 정치부 기자였던 라르손은 신념 어린 기사를 고집한 탓에 테러 위협을 받기도 했지만 결코 타협하지 않은 멋진 저널리스트였다고 한다. 그는 스웨덴의 암흑세계를 탐사한 끝에 '밀레니엄' 시리즈라는 추리물을 집필했는데 출간을 앞둔 채 세상을 떠나고 말았다. 데뷔작이자 유작이 된 밀레니엄 시리즈는 스웨덴은 물론 전 세계적인 베스트셀러가 됐다. 그런데 그의 연인과 작가 생전에 관계가 좋지 않았던 가족 사이에 그 인세를 두고 다툼이 벌어진 것이다. 신문 기사는 이 재판의 귀추가 주목된다고 전했다.

아니, 무슨 책이기에 저토록 이슈가 될까? 얼마나 재미있기에 그렇게 많이 팔렸을까? 기사를 본 후 작가에 대해서도 궁금해졌다. 그렇게 가벼운 호기심으로 밀레니엄 시리즈를 읽기 시작했는데 그 시리즈가 내 마음에 돌풍을 일으킬 줄이야.

꽤 오래전부터 베스트셀러 코너에서 이 책을 보긴 했다. 그런데

1~3부까지 각 권의 제목부터 요상했고 표지의 인상이 댄 브라운의『다빈치 코드』아류작 같아서 아예 읽을 생각조차 하지 않았다. 하지만 기사를 본 후 호기심이 일었고, 일단 시작을 하면 끝을 봐야 하는 성격상 시리즈 전체 여섯 권을 한꺼번에 사놓고 첫 장을 열었다.

이 소설은 세상의 악과 맞서 싸우는 천재 소녀 해커 리스베트 살란데르와 정의파 저널리스트 미카엘 블롬크비스트가 거대 재벌가에 일어난 의문의 살인 사건을 풀어가는 작품이다. 처음부터 재미있지는 않았다. 스웨덴이라는 나라가 낯설었고 그 사회의 어두운 이면이 다소 무겁게 다가오기도 했다. 등장인물이 많은 데다가 이름들도 어찌나 비슷비슷한지 열심히 메모를 해가며 읽었다. 지명도 많이 나와서 헷갈릴 때마다 앞으로 돌아가면서 인내심을 갖고 더듬더듬 1부를 끝냈다. 그런데 읽다 보니 어느 순간, 나도 모르게 빠져들고 있었다. 한마디로 엄청나게, 재미가, 있었다! 1부에서 심어놓은 복선들이 2부와 3부에서 정교하게 연결되면서 서사가 흥미진진하게 펼쳐졌다.

마지막 권을 들었을 때 이미 나는 이 책을 더 이상 읽을 수 없다는 아쉬움에 속상해졌다. 라르손은 원래 10부작으로 계획하고 있었다는데 3부에서 끝난다면 후일담이 얼마나 궁금할까. 책을 다 읽기도 전에 안타까운 마음으로 밤새 책을 들었다 놓았다 펼치기를 거듭했다. 마지막 장을 덮고 난 뒤에도 계속 가슴이 두근거렸다. 라르손이 이 소설을 완결하지 못하고 세상을 떠났다는 사실이

두고두고 슬프기만 했다. 이제 겨우 맛만 보여줬는데, 다음 이야기가 얼마나 무궁무진한데 그 이야기를 더는 들을 수 없다니.

이 소설을 원작으로 한 영화가 나왔다는 소식에 반색했다. 머릿속으로 상상만 하던 이야기가 어떤 영상으로 펼쳐질지 궁금해서 개봉하자마자 극장으로 달려갔다. 하지만 아쉬움이 달래지기는커녕 이토록 재미있는 이야기를 더 이상 만날 수 없다는 안타까움만 커지고 말았다. 그 후로도 내내 스웨덴에 가는 몽상에 빠지고, 리스베트가 즐기던 위스키인 라가불린Lagavulin이 어떤 맛인지 궁금해서 살짝 마셔보기도 했다. 상처가 많고 거칠며 반항적인 소녀 리스베트. 작고 깡마른 체형에 피어싱을 한 날카로운 눈빛의 소녀와 잘 어울리는 맛이었다. 향이 짙고 맛이 써서 내가 즐겨 마시는 취향은 아니었지만 여주인공의 분위기를 느낄 수 있어서 즐거웠다.

이 책의 후유증은 이것뿐만이 아니었다. 소설에 나오는 인물들이 어찌나 생생한지 스웨덴의 어딘가에 살고 있는 것만 같았고, 복지국가로 알려져 있는 스웨덴의 어두운 이면을 들여다보니 나도 탐정이 된 것만 같았다. 리스베트가 통쾌하게 복수하는 장면을 떠올리며 같이 승리감에 도취되기도 했다. 신기하여라. 도대체 이런 기분은 무엇일까? 책에 홀린 것 같았다.

밀레니엄 시리즈 이후에는 어떤 책을 읽어도 재미도, 흥미도, 떨림도 사라지고 그만 다 시시해져 버렸다. 그래서 일 년 가까이 이 책, 저 책을 펼쳤다 덮기만 반복할 뿐 책 읽기에 몰입할 수 없었다. 누가 최근에 재미있게 읽은 책에 대해 물으면 신나서 여러 권을 늘어놓던 내가 "음, 요즘에 딱히 읽은 책이 없어서⋯⋯"라고 얼버무릴 정도로 아예 손을 놓고 말았다.

오랜만에 여유를 가지고 다시 책을 읽으려는 요즘, 슬슬 예전의 책 읽는 재미가 돌아오고 있긴 하다. 그래도 가장 재미있게 읽었던 책은 밀레니엄 시리즈이고, 앞으로도 오랫동안 이 대답은 바뀔 것 같지 않다. 여기서 재미란 기이한 열기를 동반한 흥분 상태를 말하는데, 그런 의미에서 밀레니엄 시리즈는 내 생애에서 가장 독특한 독서 경험이었다. 책한테 반해서 어쩔 줄 모르는 기분이었달까. 라르손의 서재 어딘가에 밀레니엄 시리즈의 나머지 원고들이 숨겨져 있다가 수년 내에 세상에 나타나면 얼마나 좋을까. 그런 기사를 보게 되는 날이 오면 아마도 나는 정말 신이 나서 하루 종일 방방 뛰어다닐 것이다.

나는 희망한다. 타인의 시선에 갇혀서,

체면 때문에 내가 행복할 수 있는 길을 포기하지 않기를.

그런 기분이 들 때면 책을 펴들고 마음을 다독인다.

상 상 력 을   자 극 하 는

신 들 의   이 야 기

『그리스 로마 신화』

한 번 읽었던 책도 시간이 지나면 다시 읽고 싶을 때가 있다. 처음
과는 또 다른 느낌으로 다가올 때가 많고, 그때는 너무나 좋았는데
다시 읽으면 그 책의 어느 부분이 내 마음에 그리 와닿았을까 의
아해지기도 한다. 그래서 좋다고 느꼈던 책들은 나중에 여유가 생
기면 꼭 다시 읽는 편이다.

　그런 이유로 제일 많이 읽은 책은 『그리스 로마 신화』이다. 나는
신화나 전설을 좋아한다. 신들이 나오는 영화를 볼 때면 흠뻑 빠져
든다. 동서고금의 신화들 가운데 재미있는 이야기들을 꼽으라면
역시 『그리스 로마 신화』를 빠뜨릴 수 없다. 인간보다 더 질투심

많은 신들의 유치한 행적도 그러하지만 『그리스 로마 신화』에 영감을 받은 그림들이 흥미를 더한다.

나는 미술관에 가는 것도 좋아하는데, 전시장의 분위기에 취하여 그림을 바라보며 상상의 나래를 펼치는 순간이 참으로 즐겁다. 다리가 아프면 커피를 마시며 잠시 쉬다가 다시 느긋하게 층계를 오르내린다. 여행 중에 가고 싶은 미술관이 있으면 하루를 통째로 비운다. 그 미술관이 마음에 들면 집으로 돌아오기 전에 다시 한 번 찾아간다.

미술관을 좋아하기에 내가 그림도 좋아하는 줄 알았는데 뉴욕 현대미술관 모마^{MoMA}에 갔을 때 그렇지 않다는 걸 깨달았다. 현대 미술은 이해할 수 없었고, 심지어 지루하기까지 했다. 내가 좋아했던 것은 그림 안에 있는 이야기였다. 화가의 인생, 그림이 담고 있는 사람과 사물과 풍경, 그림이 탄생한 당대의 역사, 그림이 세상에 나오게 된 사연 등 나는 그저 그림 안팎에 벌어지는 이야기를 좋아하는 사람이었던 것이다.

유럽의 박물관에는 신들의 이야기로 차고 넘친다. 그림 속 이야기와 감정을 상상할 줄 알면 그리스 로마 신화에서 소재를 차용하여 서로 엇비슷해 보이는 그림들이 재미있어진다. 사전 지식 없이 화가가 어떤 신을 그렸는지, 그 신이 겪은 어떤 이야기를 그렸는지, 그래서 그림의 제목은 무엇일지 맞춰본다. 기억이 잘 나지 않으면 『그리스 로마 신화』를 다시 펼친다. 매번 새롭고 흥미로우니 신들의 이야기는 내게 놀이처럼 즐겁다.

내가 제일 좋아하는 조각상은 〈에로스와 프쉬케〉이다. 루브르 박물관에 갔을 때 대리석으로 어쩌면 저토록 아름답게 조각할 수 있는지 감탄했던 기억이 생생하다. 신화는 묘하게 설레는 이야기로 조각가의 상상력을 자극하여 아름다운 작품을 탄생시켰다. 신화와 예술가, 그리고 그 앞에 홀린 듯 서 있는 나 자신에 이르기까지 이어지는 긴긴 이야기를 떠올리면서 예술 작품을 감상하는 것은 인생의 아름다운 순간이 아닐 수 없다.

신화 중에서 내가 가장 좋아하는 이야기는 오디세우스의 모험담이다. 이십 년에 걸쳐 고향으로 돌아가는 오디세우스 이야기는 흥미진진한 에피소드들로 가득하다. 그래서 완성도와 상관없이 신화를 모티프로 한 영화는 꼭 찾아본다. 신들이 겨루고 요정이 날아다니고 반인반수가 노래하는 모습은 내 안의 순진한 즐거움을 불러일으킨다.

『그리스 로마 신화』뿐만 아니라 우리나라 신화도 특유의 매력이 있다. 이윤기의 『꽃아 꽃아 문 열어라』를 읽으면서 우리 신화들이 새록새록 떠올랐다. 우리 신화와 그리스 로마 신화의 이야기를 비교해 가며 읽는 재미도 있다. 아버지를 찾아 떠나는 신화, 탄생 신화, 영웅 신화, 건국 신화 등 신화는 인생의 희로애락을 상징적으로 함축하고 있기에 세계의 신화들은 서로 통한다.

무엇보다 상상의 즐거움을 만끽할 수 있어서 나는 신화를 좋아한다. 신화는 교훈이나 감동도 주지만, 신화를 읽는 첫 번째 재미는 '마음껏 상상하기'가 아닐까. 『해리포터』 시리즈가 처음 나와서 광

풍이 불었을 때 어린이용 책인 줄 알고 오랫동안 관심을 가지지 않았다. 우연히 곁에 있어 집어 들었는데 푹 빠져들어 제대로 자지도 않고 일주일 만에 전체 시리즈를 독파한 적이 있다. 영화로 개봉되어 한달음에 극장으로 달려갔지만, 내 머릿속에 마음대로 그려본 것과 다르게 기대에 못 미쳐서 괜히 영화를 봤다며 후회했다. 돌아보면 그 후회마저 인생의 즐거움 중 하나가 아닐까 싶다. 이야기가 잠깐 산만해졌지만, 『그리스 로마 신화』는 나에게 상상력을 자극해 주는 최고의 책이다. 평생 읽을 때마다 놀이처럼 재미있게 다가오는 책이 되어주리라.

신화와 예술가, 그리고 그 앞에 홀린 듯 서 있는
나 자신에 이르기까지 이어지는 긴긴 이야기를 떠올리면서
예술 작품을 감상하는 것은 인생의 아름다운 순간이 아닐 수 없다.

멈 추 지 않 는

꿈

천명관, 「나의 삼촌 브루스 리」

메시지가 있는 작품이 좋다. 너무 가르치려는 이야기는 부담스럽지만 영화든, 드라마든, 책이든, 노래든 접하고 난 이후에 가슴이 뜨거워지고 잠시라도 그 기운이 남아 있는 이야기를 좋아한다. 신나게 즐기는 팝콘 같은 이야기도 필요하지만 여운이 길고 오래 맴도는 이야기가 역시 마음에 남는다. 그 감동에 대해 자꾸만 말하고 싶고, 오래도록 나누고 싶은 작품을 만나면 며칠은 든든하게 지낼 수 있다.

그렇기에 유독 좋아하는 작가들이 있다. 그 작가들의 작품이라면 내용도 살펴보기 전에 일단 책을 구입하고 음미하며 아껴 읽는다. 책장이 한 장 한 장 넘어가는 게 아쉬운 기쁨을 주는 특별한 작가, 천명관은 나에게 그런 작가이다. 언젠가 그의 신간이 나왔는데 비닐 래핑이 된 책을 사놓고 한참 뒤에야 읽을 수 있었다. 쉴 틈 없이 바쁘게 일하는 와중에 짬을 내어 쪼개어 읽기보다 충분한 시간을 두고 책에만 몰두하고 싶었기 때문이다. 드디어 기다리던 여유가 생겨서 손에 잡은 그 책은 바로 『나의 삼촌 브루스 리』였다.

처음부터 '역시 재미있어. 영화로 만들면 좋겠다. 어쩌면 이렇게 살아 있는 듯 생생한 인물들을 그릴 수 있을까' 감탄하며 책장을 넘겼다. 허황되어 보이는, 어찌 보면 고지식하고 미련해 보이기까지 하는 삼촌의 꿈과 순정을 따라갔다. 삼촌은 자신이 동경하는 대상을 향해 다가가는 사람이었다. 무모하고 현실감각이 없어 주변 사람들에게 인정받지 못하는 조금 모자란 사람 같지만, 사실 삼촌은 끊임없이 꿈을 향해 나아갔다. 모두가 그건 아니라고 코웃음 쳐도 그는 미래를 바라보며 걷고 있었다. 그리고 삼촌은 결국 소박한 꿈을 이루고 사람들에게도 받아들여진다.

꿈이 현실이 되면 그것은 더 이상 꿈이 아니야. 꿈을 꾸는 동안에는 그 꿈이 너무나 간절하지만 막상 그것을 이루고 난 뒤에는 별게 아니란 걸 깨닫게 되거든. 그러니까 꿈을 이루지 못한 것은 창피한 게 아니야. 정말 창피한 건 더 이상 꿈을 꿀 수 없게 되는 거야. 그때 내가 원한 건 네가 계속 꿈을 꾸게 해주는 거였어.

과연 사람이 꿈 없이 살 수 있을까? 밝고 찬란한 미래가 기다린 다고 꿈이라도 꿔야 그것을 향해 가는 길이라 믿고 고단한 현실을 견딜 수 있지 않겠는가. 꿈꿀 수 있다는 건 얼마나 행복한 일인가. 하고 싶고 되고 싶은 소망이 있다는 건 얼마나 감사한가. 삼촌 브루스 리는 끊임없이 꿈을 향해 나아가지만, 화자인 평범한 나는 현실에 안주하여 꿈은 단지 꿈일 뿐이라고 여기는 인물이다. 많은 사람들이 꿈을 꾸고 미래를 향해 나아가기보다는 현재에 만족하고 그 상태를 유지하고 싶어 하는 것 같다. 나 역시 그랬을지도 모른다.

지금 나는 콩고에서 한국으로 돌아오는 비행기 안에 있다. 드라마 〈너의 목소리가 들려〉 촬영을 끝내고 콩고를 방문할 기회가 생겼다. 나누는 삶에 대해 생각한 적도 있었던 터라 어느 정도 각오를 다지고 떠난 길이었다. 생전 처음 가보는 아프리카였다. 그곳 사람들이 힘들게 살아가리라는 생각을 막연하게 했지만, 처음 내 눈으로 목격한 그곳은 비현실적이리만치 처참했다. 흡사 촬영을 하러 세트장에 온 것 같았다. TV로 봤던 그들의 참상이 현실감 있게 다가오지 않았고 며칠간 어안이 벙벙했다. 굶주린 아이들과 전쟁으로 고통받는 여성들의 이야기를 들으면서 과연 이게 같은 지구에서 일어나는 일인가 싶어서 어떤 말도 덧붙일 수 없었다. 눈물을 흘리기조차 죄스러워지는 척박한 삶을 들여다보다가 탄식하듯 소망했다. 그들이 너무나 간절히 바라는 평화가 하루빨리 찾아오기를. 전쟁이 멈추기를. 포탄 소리가 그치기를.

집을 잃고, 가족을 잃고, 연필 대신 총을 들어야 하는 아이들에게는 뭔가가 되고 싶다는 꿈을 꾼다는 것 자체가 사치스러운 일일지 모른다. 하루 벌어 하루 먹고 살기도 버거운 나날 속에서, 언제 죽을지 모른다는 공포 속에서 아이들은 그래도 꿈을 꾸고 있었다. 선생님이 되고 싶고, 의사가 되고 싶고, 수녀가 되고 싶고, 남을 돕는 일을 하고 싶다고 말했다. 아이들이 힘겨운 삶을 버텨내는 이유는 언젠가 전쟁이 끝날 거라는 꿈, 집으로 돌아갈 수 있을 거라는 꿈, 그리하여 자신이 원하는 대로 뭔가가 될 거라는 꿈이 아닐까 싶었다.

물론 그런 꿈을 꿀 수 있다는 것 자체를 모르는 아이들도 많았다. 삶의 무게에 짓눌려 눈동자에 빛을 담기를 이미 포기한 아이들. 그런 아이들이 다시 꿈꿀 수 있도록 도와주고 싶다는 생각이 간절하게 들었다. 단지 평화롭게 잠들 수 있기만을 바라는 그들 곁에서, 편안하고 안락한 환경에서도 꿈을 꾸지 않고 살아간다면 그 인생이 너무 아까울 것 같다는 깨달음이 스쳤다.

콩고로 떠나기 전에 『나의 삼촌 브루스 리』를 막 읽은 참이었는데 콩고에서 보낸 열흘 동안 이 책의 장면들이 머릿속에 맴돌았다. 그리고 나에게 묻기를 반복했다. '보영아, 계속 꿈을 가져. 풍요로운 환경에서 꿈을 갖지 않고 산다는 건 그저 삶을 소모하는 거야. 네 꿈은 뭐니?'라고.

재미있게 일하고 그 일이 끝나면 즐겁게 여행하고…… 그동안

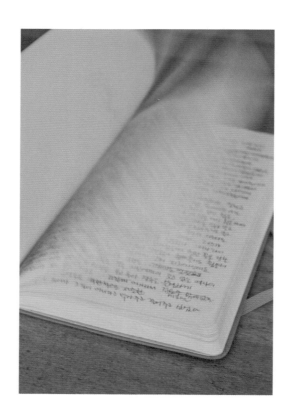

나는 일하고 떠나는 삶의 패턴에 안주해 있었다. 과연 내 꿈은 무엇일까? 열심히 일하고 결혼해서 행복한 가정을 만드는 게 전부일까? 조금씩 성장하기는 했지만 십 년을 같은 자리에서 맴돌았던 건 아닐까? 콩고에서 나는 어떤 사람이 되고 싶은지 다시 한 번 돌아보게 됐다. 꿈이 있는 사람을 동경하다가도 일상으로 돌아오면 열정이 시들해지곤 했다. 콩고의 아이들에게 미안해졌다. 그리고 고마웠다. 이즈음 꿈에 대해 생각해 본 적이 없음을 자각하게 해줘서, 다시 꿈꾸고 싶다고 소망하게 해줘서.

초 록 마 녀 가 가 져 다 준

취 향 의 발 견

그레고리 머과이어, 『위키드』

영화나 공연 보는 것을 좋아한다. 배우라는 직업을 가지지 않았더라도 좋아했을 것이다. 이야기에 젖어드는 것 자체가 정말 행복하다. 좋아한다는 말로는 부족할 만큼 한 작품에 꽂히면 오랜 시간 그 이야기의 감성에 젖어 지낸다. 주인공의 감정에 몰입하여 한 장면을 머리가 아프도록 떠올리고 또 떠올린다. OST를 반복해서 듣는 것은 물론이고 그 작품과 관련된 모든 정보를 다 찾아 나선다. 어떤 배우한테 반하면 그 뒤로 그가 출연하는 공연을 전부 보러 다닌다. 최근에는 영화 〈레미제라블〉에 취해서 OST를 내내 귀에 달고 다녔다. 앤 해서웨이가 〈I dreamed a dream〉을 부르는 장면은 몇 번을 봤는지 기억조차 나지 않는다. 영화의 감흥에 젖어 영국의 레미제라블 전용관에서 직접 공연을 보겠다는 계획을 세우기도 했다.

이렇게 나한테 큰 울림을 주는 작품을 만나면 한동안 책을 잊고 지낸다. 책을 읽으며 머릿속으로 막연히 상상하는 것과는 달리 그 상상이 눈앞에 펼쳐졌을 때, 무대가 나의 상상을 뛰어넘었을 때의 감동은 말로 할 수가 없다. 눈앞에 펼쳐진 무대는 책과는 또 다른 영향을 나에게 주곤 한다. 그런데 원작이 있는 공연은 아무래도 원작과 공연을 비교하게 된다. 소설과 영화, 공연은 각기 다른 감동으로 다가오지만 작품에 담겨 있는 마음의 줄기는 같다. 그 마음을 어떻게 표현했는지, 어떤 매체가 얼마나 더 깊이 있게 그 줄기를 담았는지 견주게 된다.

2011년 여름, 뉴욕에서 뮤지컬 〈위키드〉를 처음 봤을 때를 잊지 못한다. 온몸에서 소름이 돋을 만큼 벅찬 감동을 받았다. 그해 겨울이 올 때까지 뮤지컬 하이라이트 곡인 〈Defying gravity〉만 듣고 다닐 정도로 여운이 참으로 길게 남았다. 그 음악을 들으며 각자의 행복을 찾아 떠났던 글린다와 엘파바의 선택에 대해 생각하고 또 생각했다.

Something has changed within me 내 안에 무언가 변했어

Something is not the same 예전 같지 않아

I'm through with playing by 이젠 지쳤어

The rules of someone else's game 다른 사람 뜻대로 사는 건

Too late for second-guessing 다시 생각하기에는 너무 늦었지

Too late to go back to sleep 다시 잠들기에는 너무 늦었지

It's time to trust my instincts 이젠 내 직감을 믿을 때야

Close my eyes and leap! 눈을 감고 뛰어봐

It's time to try defying gravity 이젠 중력에 맞설 때야

I think I'll try defying gravity 내가 중력에 맞서겠어

Kiss me goodbye I am defying gravity 중력에 맞설 테니 작별 인사를 해줘

And you won't bring me down! 넌 날 끌어내리지 못할 거야

I'm through accepting limits 이젠 지쳤어 한계를 인정하는 건

Cause someone says they're so 남들이 말했다고 인정하지 않겠어

Some things I cannot change 내가 바꿀 수 없는 것도 있겠지

But till I try, I'll never know! 하지만 해볼 때까지는 모르는 거야

Too long I've been afraid of 너무 오랫동안 두려워만 했어

Losing love I guess I've lost 이미 잃은 사랑을 또 잃을까 봐

Well, if that's love 그게 정말 사랑이라면

It comes at much too high a cost! 사랑의 대가는 너무 커

I'd sooner buy defying gravity 차라리 중력에 맞서겠어

Kiss me goodbye I'm defying gravity 중력에 맞설 테니 작별 인사
를 해줘
I think I'll try defying gravity 내가 중력에 맞서겠어
And you won't bring me down! 넌 날 끌어내리지 못할 거야
Bring me down! Oh oh oh 오, 날 끌어내리지 못해

『오즈의 마법사』를 유쾌하게 뒤엎은 이야기인 〈위키드〉는 약자
의 편에 서서 권력과 맞서 싸우는 초록색 마녀의 모험담이다. 초록
색 피부를 가진 소녀 엘파바가 시즈 대학교에서 허영기 넘치는 금
발의 글린다와 묘한 우정을 나누고, 학교를 뛰쳐나와 지하운동에
참여하는 아나키스트에서 서쪽 나라의 마녀가 되기까지의 이야기
가 흥미롭게 펼쳐진다. 〈위키드〉는 눈앞에 보이는 것이 전부가 아
니라는 것, 인생에서 누가 옳고 그르다고 일방적으로 판단할 수 없
다는 것을 깨닫게 해줬다. 조금은 편협한 세계에서 살던 나에게 열
린 마음으로 세상을 바라보게 해줬다.
　뉴욕에서 공연을 본 지 일 년이 흘렀을 즈음 내한 공연을 한다
는 소식을 듣고 단박에 예매에 나섰다. 두 번을 보고 세 번을 보니
처음 볼 때는 알 수 없었던 감정들이 보이기 시작했다. 나도 모르
게 엘파바를 응원하게 되면서 그녀의 선택이 얼마나 외로운 길이
었을지, 혼자 걸으며 얼마나 겁이 났을지, 옳은 길을 가고 있음에
도 불구하고 자신에게 쏟아지는 비난들이 얼마나 무서웠을지 생
각하니 가슴이 저렸다.

〈내 딸 서영이〉를 촬영하면서 〈위키드〉를 자주 떠올렸다. 다른 이들의 눈에 보이는 내 모습 혹은 타인의 모습이 실상 그 사람의 전부는 아니다. 그렇기에 함부로 한 사람의 인생에 대해서 평가할 수 없다. 〈위키드〉와 〈내 딸 서영이〉는 나에게 현상의 이면을 바라보는 눈을 뜨게 해줬다. 이 두 작품을 비슷한 시기에 만난 것은 참으로 복된 일이다. 〈위키드〉에 감사하는 마음으로 나는 원작 소설을 사서 펼치기에 이르렀다.

아, 그런데 공연과 책은 달랐다. 부끄러운 이야기지만, 이 책은 시작하고 중간에 포기한 최초의 책이 되고 말았다. 『오즈의 마법사』를 빌려 풍자한 이야기라는 점은 뮤지컬과 동일했다. 하지만 뮤지컬과는 달리 사건 전개가 산만하고 개연성도 부족하고 등장인물들의 장광설이 재미가 없어서 포기하고 말았다. 포기했다는 사실이 영 내키지 않아서 다시 책장을 넘겨보기도 했지만 쉬이 다음 장으로 넘어가지 않았다. 서가에 꽂힌 채 먼지만 쌓여가는 저 책들을 언제 다시 펼쳐볼지는 모르겠다.

보통 영화나 공연은 원작 소설을 뛰어넘지 못하는 경우가 허다하다. 하지만 나에게 『위키드』 같은 작품이 하나 더 있다. 『렛미인』 역시 나에게는 원작의 감흥이 덜했던 소설이다. 영화 〈렛미인〉을 보고 소년의 사랑에 가슴이 시렸다. 영화 배경이 된 스웨덴의 설경은 그 사랑을 더욱 시리게 다가오게 했다. 영화를 본 뒤에도 몇 날 며칠 마지막 장면이 머릿속에서 떠나지 않았다. 소년은 소녀와 떠나기로 마음먹고 기차에 오른다. 소녀는 묻는다. "오스칼, 너 정말 행복하니?" 영화가 끝난 후에도 그 아이들이 어딘가를 떠돌면서 힘든 삶을 살아갈 것만 같아 내내 마음이 아팠다.

그 여운을 간직한 채로 서점을 찾아가 원작 소설 『렛미인』을 안고 돌아왔다. 그런데 책에서 묘사된 소년과 소녀는 영화처럼 아름답지 않았다. 영화와 다르게 소설 속에서는 감정과 사건이 훨씬 잔혹하고 현실감 있게 전개됐다. 분명히 좋은 소설이었지만, 그와는 별개로 내가 간직하고 싶던 영화 속 순수한 이미지가 훼손되는 느낌이었다. 소설을 보지 않았으면 좋았을걸. 그 애틋한 마음을 영상으로 마음속에 담아둘걸. 활자로 지나치게 들여다봤다는 생각에 씁쓸했다.

뮤지컬 〈위키드〉, 영화 〈렛미인〉보다 원작 소설이 더 좋았던 사람도 분명 있을 것이다. 같은 책이라 할지라도 사람에 따라 달리 읽히기 때문이다. 나는 공연과 영화를 통해 받았던 직관적인 감동을 단순하게 간직하고 싶은 사람이라 원작 소설의 아쉬움이 큰 것 같다. 하지만 나는 시간에 따라 흘러가는 사람이니, 먼 훗날 우연히 『위키드』를 펼쳐 들고 술술 읽고 있는 나를 발견할지도 모르겠다.

어 느 여 배 우 의
책   읽   기

정유정, 『내 심장을 쏴라』

정식으로 연기를 배운 적이 없는 내가 연기를 하면서 가장 큰 도움을 받았던 것은 책이다. 책에서 다양한 인물들과 감정들, 세상에 일어날 수 있는 갖가지 상황들을 읽으면서 머릿속으로 책 속 캐릭터를 연기하는 상상을 하곤 했다. 그렇게 책을 읽은 시간들은 하나도 버릴 게 없었다.

처음 배우가 되고 나서 가장 자주 들었던 말은 '많이 경험하라'는 이야기였다. 다양한 경험이 연기할 때 큰 도움을 줄 것이라고 많은 분들이 조언했다. 그런데 솔직히 나는 그 말을 잘 이해할 수 없었다. 나에게는 막연하고 애매한 충고처럼 들렸다. 어떻게 세상의 모든 경험을 다 해볼 수 있단 말인가! 연기로 다양한 감정을 표

141

현할 수는 있지만 인간의 감정에 정답은 없다는 생각도 많이 했다. 똑같은 상황에서도 거기에 반응하는 감정이 사람마다 다르니 감정을 노출하는 방법이 한 가지로 통일될 수는 없으리라. 슬플 때, 화날 때, 기쁠 때, 사랑할 때 사람들은 저마다의 방법으로 감정을 표현한다. 그러니 내가 무수히 경험한다 해도 사람마다 다르게 느끼는 그 수많은 감정들을 모두 느낄 수 있을까 의문이 들기도 했다.

2007년에 〈나는 행복합니다〉라는 영화를 찍게 됐다. 연기를 잘하고 싶다는 생각에 의욕만 앞서서 대사보다 지문이 많은 이 영화를 선택했는데, 돌아보면 나도 참 겁이 없었다. 지금이라면 선뜻 연기하겠다고 결정하지 못했을 것이다.

나는 아직도 내가 맡았던 수경이라는 인물을 표면적으로밖에 이해하지 못한다. 그런데 그때 나는 그 캐릭터에 대해 아예 무지한 상태로 연기를 시작했다. 본능적으로 연기를 잘하는 친구들이 있지만 나는 캐릭터가 이해돼야 연기를 할 수 있다. '이해'라는 것도 어디까지나 나의 입장일 뿐 내가 그 인물이 되기에는 삶의 깊이도 얕고 경험도 짧았다. 처음 시나리오를 읽고서 연기하겠다고 나섰을 때 나는 철없이 의욕만 앞섰다. 수경이라는 인물이 얼마나 힘든 삶을 살았는지 충분히 이해할 수 있다고 시건방진 마음을 가졌다.

수경은 정신병원에서 근무하는 간호사였다. 병든 아버지를 수발하느라 빚더미에 앉았고, 애인한테는 차이고, 비정상적인 환자들 사이에서 불행하게 살아가고 있었다. 고민을 들어줄 사람 하나 없는 힘겨운 나날 속에서 과대망상증 환자인 만수에게 위안을 얻는 연약한 여자였다.

윤종찬 감독님이 생각한 수경의 감정이 100이라면 나는 30정도로만 준비한 채 촬영을 시작했다. 고백하자면 그때는 감정에 대해 진지하게 접근하기보다 '슬플 때는 이럴 거야. 힘들 때는 이 정도겠지'라며 매뉴얼을 정해놓고 가볍게 연기했다. 나름대로 배우 생활을 몇 년 했다고 철없이 연기를 했던 시기였다. 그런 나와 함께 작업하느라 감독님은 얼마나 암담하셨을까? 나에게서 깊은 감정들을 끌어내기 위해 많이 힘들어하셨을 것이다.

촬영 전날, 감독님은 영화의 주요 촬영 장소인 정신병원을 보여주셨다. 그리고 잭 니콜슨이 주연한 영화 〈뻐꾸기 둥지 위로 날아간 새〉를 함께 봤다. 나는 지극히 정상적인 잭 니콜슨이 점점 정신병자가 되어가는 모습을 보면서 '연기를 참 잘한다. 과연 나는 저런 배우가 될 수 있을까?' 정도의 생각만 했다. 그 정도의 준비만으로 첫 촬영에 들어갔던 다음 날 하루는 다시 떠올리기 힘들 만큼 암담한 날이었다. 감독님과 대화를 하면서 캐릭터를 구축하려고 애썼지만 남에게 말만 듣고 그 감정을 이해하고 표현하기에 수경은 너무나 어려운 인물이었다. 더구나 그때의 나는 지금보다 훨씬 단순했기에 인간의 내밀한 감정에 대해 이해하는 척만 했지 수경이라는 캐릭터를 온전히 이해하지 못했다.

대화라는 것도 이해 가능한 경험이 있는 사람이어야 통할 수 있는 것이 아닌가. 그때의 나는 대화 자체도 불가능했을 것이다. 감정이란 머리로 이해될 수 있는 게 아니기 때문이다. 이해 불가능한

책으로 간접경험을 하고 직접 연기를 하면서

다채로운 감정들을 나에게 투영해 본다.

언제부터인가 사람을 바라보는 눈에 애정이 깃들고 따뜻해지는 것 같다.

감정을 연기하느라 촬영 현장에 나가는 일이 하루하루 얼마나 큰 고통이었는지……. 그런 나를 붙들고 하나하나 설명하시다가 나중에는 나를 벼랑 끝으로 몰아 당신이 원하는 감정을 이끌어내려 하신 감독님에게도 얼마나 힘든 시간이었을까. 지금 생각하면 내 능력보다 과한 것을 탐했던 내 욕심 때문에 괜한 민폐를 끼쳤던 것 같아 죄송할 따름이다.

우여곡절 끝에 힘든 촬영이 전부 끝나고 휴식이 찾아왔을 때 정유정 작가의 『내 심장을 쏴라』를 읽었다. 정신병원에 갇히게 된 두 청년 수명과 승민의 탈출기였다. 수명은 자신만의 세계에 갇혀 지내며 육 년간 정신병원을 들락거리는 인물이다. 그러다가 "이번에 가면, 죽기 전엔 못 나온다"는 아버지의 선고와 함께 정신병원에 강제로 입원된다. 망막세포변성증으로 비행을 금지당한 패러글라이딩 조종사 승민은 시력을 잃어가는 와중에 가족의 유산 싸움에 휘말려 정신병원에 갇힌 신세였다. 눈이 완전히 멀기 전에 마지막 비행을 하고 싶어 하는 승민은 계속 탈출을 시도한다. 자유로운 승민과 폐쇄적인 수명은 가까워지고 혼란에 빠지기도 하지만 세상을 향해 점차 마음을 열어간다.

넌 누구냐?
승민이 물었다.
알아맞혀봐.
내가 대답했다.

새야?

아니.

비행기?

아니.

그럼 누구?

나는 팔을 벌렸다. 총구를 향해 가슴을 열었다. 그리고 언덕 아래로
질주하기 시작했다.

나야, 내 인생을 상대하며 나선 놈, 바로 나.

　수명과 승민에게 〈나는 행복합니다〉의 두 주인공 수경과 만수가
겹쳐 보였다. 『내 심장을 쏴라』를 읽는 동안 정신병원에 갇힌 채
미쳐가는 안타까운 청춘들을 응원했고, 마지막 책장을 덮고 난 뒤
에는 묘한 카타르시스를 느꼈다. 그리고 영화를 찍기 전에 이 책을
읽었더라면 내가 이해하지 못했던 감정들의 구멍을 좀더 채울 수
있지 않았을까 하는 생각에 아쉬워졌다. 영화를 찍으면서는 세상
이 참 냉혹하다고만 추상적으로 생각했는데 책을 읽노라니 정상
적인 사람이지만 병원에 갇혀서 미쳐가는 승민의 감정이 깊이 이
해됐다. 누가 누구를 함부로 판단할 수 있을까? 이렇게 사는 게 정
답이라고 누가 정의할 수 있을까? 그 사실을 머리가 아니라 마음
으로 이해했다면 수경을 연기할 때 단순히 고통스럽다고 느끼지
만은 않았을 것 같다.

　나에게 좋은 책이란 읽고 나서 끊임없이 여운을 남기며 생각의

여지를 주는 책이다. 이 책도 그랬다. 이 책은 깊은 상념의 시간을 나에게 선물했다. 『내 심장을 쏴라』를 읽기 전에 『내 인생의 스프링 캠프』라는 정유정 작가의 첫 책을 읽었는데 두 책 모두 읽는 재미를 흠뻑 안겨줬다. 나는 그녀의 다음 책들을 설레는 마음으로 기다린다.

요즘 들어 연기를 하게 된 것에 감사함을 많이 느낀다. 연기를 하게 되어 인물에 대해 더 깊이 생각하고 사람에 대한 이해의 폭을 넓힐 수 있었다. 책으로 간접경험을 하고 직접 연기를 하면서 다채로운 감정들을 나에게 투영해 본다. 언제부터인가 연기를 통해 사람을 바라보는 눈에 애정이 깃들고 따뜻해지는 것 같다. 예전에는 절대 안 된다고 선을 긋던 일들에 "그럴 수도 있지"라고 좀더 너그럽고 어른스러워지는 내 자신을 본다. 연기를 통해 사람을, 그리고 인생을 사랑하게 된다. 그래서 배우로 살아가는 일에 감사한다. 아직 한참 부족하지만, 그래도 지난해에는 지지난해보다, 또 올해에는 지난해보다 조금씩 성장하고 있는 내 마음이 보인다. 나를 좀더 성장시켜줄 책들을 찾아서 그 목록을 작성해 본다. 귀한 책으로 세상을 밝혀주는 작가들의 밤을, 서재를, 책상을 상상하면서.

Part 4

… 마음의 문을 … 열다 …

고 독 한   신 념 이   남 긴

뜨 거 운   열 정

빈센트 반 고흐, 「반 고흐, 영혼의 편지」

그림을 좋아한다. 미술관에 가는 것도, 미술관에 앉아서 그림을 보는 사람들을 마냥 구경하는 것도 좋다. 그렇게 시간을 흘려보내고 있으면 감성적으로 풍부해지는 느낌이 든다. 그림을 통해 화가의 인생을 상상해 보고 그가 어떤 사람인지, 나에게 어떤 울림을 주는지 생각하노라면 편안한 행복감이 밀려온다.

　내가 제일 좋아하는 화가는 빈센트 반 고흐이다. 대단한 심미안이 있는 건 아니지만 고흐의 그림을 보면서 설명할 길 없는 위로를 받았다. 특유의 강렬한 색감과 거친 붓 터치로 전해지는 고흐만의 따뜻한 시선이 더없이 좋다.

9월의 초가을 날씨가 무척 아름다웠던 날, 프랑스 오베르에 가게 됐다. 오베르는 고흐가 죽기 전에 마지막 나날을 보냈던 곳이다. 고흐가 죽음을 맞았던 방을 찾아가고 그의 무덤을 돌아보며 감회에 잠겼다. 오베르 성당과 마을 구석구석에서 그의 그림 속 풍경들을 발견하며 고흐가 보고 그린 것들을 함께 나누고 있다는 사실에 가슴이 벅차올랐다.

「까마귀가 나는 밀밭」이라는 그림의 배경이 된 밀밭을 바라보는데, 어디선가 까마귀 떼가 날아와 하늘을 새까맣게 덮었다. 황금빛 밀밭과 파란 하늘을 덮는 까마귀 무리를 보니 백 년의 세월을 거슬러 고흐와 나란히 그 광경을 보고 있는 것 같았다. 그 풍경은 내 인생 최고의 장면으로 각인됐다.

오베르에서 돌아와 고흐에 대해 더욱 각별한 관심과 애정을 가지고 『반 고흐, 영혼의 편지』를 읽었다. 이 책은 고흐가 동생 테오에게 보낸 편지들을 엮은 서간집으로 그림에 대한 고흐의 생각과 자세, 그리고 애정이 가득 담겨 있었다. 동생에게 화구 살 돈을 수시로 부탁하는 가난한 화가의 현실적인 이야기는 그림을 계속 그리는 일이 고흐에게 얼마나 힘든 일이었는지 알게 한다. 하지만 이 책을 처음 읽었을 때는 고흐의 인생이 결코 편안하지 않았음을 추상적으로 짐작만 했을 뿐 그 힘겨움의 크기와 무게에 깊이 공감하지 못했기에 그런 편지들이 조금 지루하게 느껴지기도 했다.

그러다가 좀더 시간이 흘러 이번에 다시 이 책을 읽게 됐다. 그런데…… 너무 아팠다. 이 책을 읽는 내내 가슴이 아파서 제대로

숨을 쉴 수 없을 정도였다. 그의 열정이, 외로움이, 아무도 알아주지 않고 존중하지 않는 본인의 처지를 자신이 정확하게 알고 있는 마음이, 그런데도 차마 꿈을 놓을 수 없는 열망이 내 가슴을 욱신거리게 만들었다. 고흐의 편지에 비로소 공감하면서 나 자신이 좀 더 성숙했음을 느꼈다. 예전에는 당연하게 여겼던 그림에 대한 화가의 열정이, 화가가 위대해지는 데 감수해야 하는 고난의 과정이 새삼 가슴을 저몄다. 예술에 대한 그의 열정이 삶의 고통으로 환원되어 삶을 옥죄어올 때 얼마나 힘들었을까 온몸으로 느껴졌다. 타인의 인생을 바라보는 나의 시선이 달라진 것이다.

내가 예술을 어떻게 바라보는지 너에게 분명하게 가르쳐주고 싶다. 사물의 핵심에 도달하려면 오랫동안 열심히 일해야 한다. 내 목표를 이루는 것은 지독하게 힘들겠지만, 그렇다고 내 눈이 너무 높다고 생각하지는 않는다. 사람들을 감동시키는 그림을 그리고 싶으니까. (…) 그것이 나의 야망이다. 이 야망은 그 모든 일에도 불구하고 원한이 아니라 사랑에서 나왔고, 열정이 아니라 평온한 느낌에 기반을 두고 있다. (…) 예술은 끈질긴 작업, 다른 모든 것을 무시한 작업, 지속적인 관찰을 필요로 한다. '끈질기다'는 표현은 일차적으로 쉼 없는 노동을 뜻하지만, 다른 사람의 말에 휩쓸려 자신의 견해를 포기하지 않는 것도 포함한다.

이 책을 재독하는 중에 다시 한 번 오베르를 찾아갔다. 몇 년 전에는 그저 그림 속 풍경을 실제로 마주하고 있다는 사실에 감동했다면 이번에는 다른 느낌을 받으리라는 기대감으로 그곳을 향했다. 그렇게 다시 찾은 오베르, 고흐의 방에 이르니 고흐가 죽어가는 모습이 그려졌다. 그는 인생이 얼마나 고통스러웠을까. 그의 열정과 천재성을 알아보지 못하고 광기라 치부했던 가족과 지인들 사이에서 얼마나 고독했을까. 스스로 목숨을 끊을 정도였으니 얼마나 절망스러웠을까. 보이지 않는 벽에 끝없이 부딪히면서 얼마나 좌절했을까.

이전에는 볼 수 없었던 공간이 새로 만들어져 있었다. 조그만 방에 영사기가 돌아갔는데, 영사기가 빛을 쏘는 곳에는 고흐가 쓴 편지와 오베르 구석구석을 그린 그림들이 흘러가고 있었다. 잔잔한 음악과 함께 고흐가 편지에 털어놓았던 그림에 대한 신념과 열정, 그 뜨거운 시선들이 펼쳐지는데 눈물이 뚝 떨어졌다. 눈물은 멈춰지지 않았다.

타협을 모르는 고흐의 고지식한 성격이 너무나 안타까운 한편으로 그의 그런 순수한 마음이 나에게 큰 치유가 됐다. 고흐는 가족에게조차 인정받지 못했지만 결국 그림을 통해 자기 신념이 틀리지 않았음을 증명했다. 남들이 다 틀렸다고 비웃어도 자신이 옳다고 여기는 길을 고수한 끈기, 적당히 타협할 줄 모르는 꼿꼿함, 죽을힘을 다해 버티다가 끝내 무너지고 만 무력함, 이 모든 것이 슬프고 아프고 감동적이었다.

죽음 뒤의 영광을 그가 알까. 그의 가족인들 알까. 자기 아들이 집안에서 천대받을 천덕꾸러기가 아니었음을, 고독하게 외길을 걸으면서도 홀로 반짝반짝 빛나는 사람이었음을 아무도 몰랐다. 세상에서 유일하게 고흐를 알아주고 인정했던 단 한 사람, 바로 동생 테오였다. 고흐는 자신의 본모습을 테오에게만 보여준 것 같다. 테오에게 보낸 편지들에는 전부 그림에 대한 이야기가 빠지지 않는다. 편지에는 그림을 향한 고흐의 사랑과 열정이 배어 있다. 그것은 곧 가난한 이들, 소외받는 이들을 향한 따뜻한 마음이기도 했다.

고흐의 편지를 엿보는 내내 이토록 따사로운 사람을 왜 가족조차 외면했을까, 왜 그의 본심을 오해했을까 안타까웠다. 어려운 상황에서도 끊임없이 자신에게 긍정과 희망이라는 힘을 불어넣으려고 애썼던 고흐처럼, 힘든 상황이 닥쳐와도 내가 옳다고 믿는 길을 걸어야겠다.

우리가 살아가야 할 이유를 알게 되고, 자신이 무의미하고 소모적인 존재가 아니라 무언가 도움이 될 수도 있는 존재임을 깨닫게 되는 것은, 다른 사람들과 더불어 살아가면서 사랑을 느낄 때인 것 같다.

많은 화가들은 텅 빈 캔버스 앞에 서면 두려움을 느낀다. 반면에 텅 빈 캔버스는 '넌 할 수 없어'라는 마법을 깨부수는 열정적이고 진지한 화가를 두려워한다.

남들이 다 틀렸다고 비웃어도 자신이 옳다고 여기는 길을 고수한 끈기,

적당히 타협할 줄 모르는 꼿꼿함,

죽을힘을 다해 버티다가 끝내 무너지고 만 무력함,

빈센트 반 고흐의 모든 것이 슬프고 아프고 감동적이었다.

살면서 한 번이라도 뭔가에 열정적으로 미쳤던 시간들이 있었나? 나는 뭔가에 중독되거나 몰입하는 것에 겁을 낸다. 아예 시작도 하지 않고 외면해 버린다. 뭐든 '적당히, 적당히'이다. 내 집착을 바라보기가 두렵기 때문이다. 그런데 고흐의 편지를 읽다 보니 그처럼 열정적이지 못한 내 모습이 부끄러워진다. 나름대로 열심히 살았지만 열정적이지는 못하고 세상을 겁내어 적당히 타협하며 살아가는 내가 속물처럼 느껴지기도 한다.

정신없이 살아가다가 때때로 나태해지고 무료해질 때 이 책을 꺼내 들면 좋을 것 같다. 그 자신의 인생은 외로웠으나 그의 그림은 내면의 열정을 뿜어내고 우리에게 큰 감동을 준다. 하늘에서는 부디 그가 더 이상 외롭지 않기를. 죽을 때까지 홀로 자신의 그림을 사랑했던 그의 고독한 신념을 떠올려본다.

다른 사람의 눈에는 내가 어떻게 비칠까? 보잘것없는 사람, 괴벽스러운 사람, 비위에 맞지 않는 사람, 사회적 지위도 없고 앞으로도 어떤 사회적 지위를 갖지 못할, 한마디로 최하급 중 최하급인 사람……. 그래, 좋다. 설령 그 말이 옳다 해도 언젠가는 내 작품을 통해 그런 기이한 사람, 그런 보잘것없는 사람의 마음속에 무엇이 들어 있는지 보여주겠다.

여 자 라 는 벽 에
부 딪 혔 을 때

토머스 하디, 「더버빌가의 테스」

나는 여자로 태어났다는 사실에 늘 행복했다. 여자로 살면서 불편하다거나 힘들다고 느껴본 적이 없었다. 외가와 친가 양쪽으로 모두 첫딸이자 첫 손녀, 첫 조카이기도 했고 수십 년 만에 태어난 아기였기에 집안에서 1번은 항상 내 차지였다. 딸이라고 차별받지 않았으며, 귀하고 예쁜 건 모두 내게 주어졌다. 이모들은 어린 나를 인형 안고 다니듯 예뻐했다고 지금까지 말씀하시곤 한다. 부모님이 엄하긴 했지만 그와는 별개로 가족의 사랑과 관심 속에서 자랐다. 집에서 지근거리인 외가에 혼자 놀러 갈 때면 버스 정류장에는 늘 할아버지가 기다리고 계셨다. 이모들은 나에게만 몰래 용돈을 주었고 입학식, 졸업식, 운동회, 학예회 같은 행사가 있으면 온

가족이 출동해 내 사진을 찍었다.

자라는 내내 엄마와 이모들은 내게 '네 자신을 소중하게 여겨라. 너는 귀한 사람이다. 자유롭고 멋지게 살아라'는 말씀을 들려주었다. 특히 엄마는 여자도 직업을 가져야 한다고 여기셨다. 딸이 사랑하는 일을 선택해서 결혼 후에도 일을 그만두지 않고 자신의 삶을 살길 바라셨다. 하지만 어릴 때 나는 현모양처가 꿈이었고 일의 성취가 주는 기쁨을 알지 못했기에 엄마가 왜 그런 말씀을 하시는지 잘 몰랐다.

나는 여자 이전에 한 인간으로 성장할 수 있는 가정환경에서 자랐지만, 사회생활을 시작하면서부터는 여자로 살아가기 힘들다고 느끼는 순간이 많아졌다. 내가 하는 말은 무시되기 일쑤였고 정당한 의견을 제시해도 상대방은 "그래, 그래, 보영이 참 예쁘네"라며 어물쩍 넘겼다. 그럴 때 밀려오는 모욕감이란. 나는 '남자 대 여자'가 아니라 '사람 대 사람'의 대화를 원했는데 그냥 말 한마디로 덮으려 드는 것이었다.

옳지 못하다고 반박하면 '드세다, 나댄다, 여자답지 못하다'고 면박을 주면서 문제의 본질을 회피하는 사람들이 많았다. 끊이지 않는 갈등 속에서 처음으로 여자로 살아가기 힘겹다는 생각을 했다. 여자는 어떠해야 한다는 사회적 편견에서 벗어난 행동을 하면 감당하기 버거운 시선이 따갑게 쏟아졌다.

어쩔 수 없는 남성 중심의 사회구조 속에서 남자들끼리 소주 한 잔 마시면 간단히 해결될 일도 나는 타인에게 쉽게 다가가지 못하는 성격 때문에 힘들여 돌아가야 했다. 애교도 융통성도 없이 뻣뻣하기만 해서 번번이 부딪치고 상처받았다. 내 일만 잘하면 됐지, 왜 부수적인 사항으로까지 연장시켜 나를 힘겹게 하는지. 남들은 대충 넘어가는 일을 나는 왜 한 번 더 짚어야 하는지. 여자라는 장벽 아래에서 좌절했다. 남자였다면 내 말에 조금 더 귀 기울여주지 않았을까, 조금 더 존중해 주지 않았을까, 조금 더 편하지 않았을까……

매니저들도 내 말을 칭얼거림 정도로 여기는 지경에 이르니 세상 남자들에게 원망의 화살을 던질 수밖에 없었다. 집에 돌아가면 인격적으로 대해야 하는 아내가 있고 딸도 있을 텐데 나라는 한 인격체와는 왜 동등한 입장에서 대화를 나누려 하지 않는지. 왜 자꾸 '여자답기'만 바라는지. 인간적인 대화를 간절히 원할수록 여자라는 자의식이 강해져 타인에 대해 예민해지고 방어하기도 했던 시절이었다.

『더버빌가의 테스』는 그즈음 다시 읽었던 소설이다. 어릴 때 읽은 책들 중에는 그 나이로는 충분히 이해하기 어려웠던 고전들도 있다. 그때는 그 의미를 미처 알지 못했는데 세월이 훌쩍 흐른 자리에서 다시 펼치면 구절마다 공감하게 되는 경험을 한다. 세상에 대한 이해의 폭이 넓어진 이후에 다시 읽으면 오래전에는 몰랐던 것들이 새롭게 와닿아 커다란 울림을 줄뿐더러 그동안 성장한 나 자신도 만나게 된다. 그래서 나는 틈틈이 고전을 재독한다.

『더버빌가의 테스』를 두 번째 읽었을 때 개인적으로 너무 힘든 상황이었던 터라 책장을 덮고 나서 소리 내어 울고 말았다. 무지하고, 순수하고, 아무도 보호해 주지 않고, 혼자 힘으로 세상에서 버텨내야 했던 테스의 처지가 너무나 가슴이 아팠다. 자기 의도와는 달리 세파에 휩쓸려 살인까지 저지르게 되는 여인, 테스가 '여자'라서 겪게 되는 고통이 전해져 책장을 넘기기가 힘겨웠다.

도덕적인 사람은 누구인가? 좀더 적절히 말하자면 도덕적인 여자는 누구인가? 한 인간의 아름다움과 추함은 그의 성취뿐만 아니라 의도와 충동으로 이루어진다. 그의 진짜 이야기는 무슨 일을 했느냐보다는 뭘 하려고 했느냐에 담겨 있다.

테스는 여자라는 이유로 일방적으로 훈육되고 강요당한다. 세상에 던져졌을 때 험한 꼴을 당하고 제 의지와 상관없이 흘러가는 인생을 그저 바라볼 수밖에 없었다. 피해자인데도 스스로도 '여자'의 굴레에 갇혀 더욱 숨죽여 지낸다. 테스를 사랑한 에인절도 결국 여성에 대한 편견을 깨지 못해 그녀에게 불행을 안겼고, 먼 길을 돌아 서로의 사랑을 확인하지만 끝내 비극적인 결말을 맞게 된다.

책 속으로 뛰어 들어가 테스에게 그 길이 아니라고 막아주고 지켜주고 끌어주고 싶었다. 자신에게 진실했던 테스의 운명은 결국 비참하게 끝났다. 아무리 내 길을 가려 해도 여자이기에 벗어날 수 없는 불합리한 인습들이란 그때나 지금이나 근본적으로 다를 바 없이 느껴졌다. 백 년이 지났는데도 편견은 여전하다. 인식을 바꾸기가 이토록 힘들다니 얼마나 절망적인가.

시간이 흘러 예전보다 여유가 생긴 지금, 나는 사회생활을 비교적 수월하게 해낸다. 한 걸음 물러나니 남자여서 힘든 점도 보이고 안쓰럽게 여겨지기도 한다. 여자라서 힘든 면이 있듯이 남자라서 힘든 면도 분명 있을 것이다. 가장이라는 부담감, 남자답기를 바라는 시선들, 남자이기에 가중되는 책임감도 이해하게 됐다.

여전히 여자를 무시하는 강압적인 남자들이 많다. 그런데 그들은 대부분 남자라는 틀 안에 스스로를 가둬놓고 있는 것처럼 보인다. 부디 내 아이가 자랄 때는 남성과 여성 이전에 사람과 사람이 소통하는 사회였으면 좋겠다. 그런 사람들이 더욱 많아지는 세상이었으면 한다. 나도 '여자'이기 이전에 모든 이에게 열린 '사람'이고 싶다.

아무리 내 길을 가려 해도 여자이기에 벗어날 수 없는 불합리한 인습들이란 그때나 지금이나 근본적으로 다를 바 없이 느껴졌다.

백 년이 지났는데도 편견은 여전하다.

인식을 바꾸기가 이토록 힘들다니 얼마나 절망적인가.

누구에게도 꿈을 짓밟을
권리는 없다

한동안 『천 개의 찬란한 태양』을 잊고 있었다. 나에게 읽는 기쁨을 주고 나를 변화시켰던 책들을 하나씩 적어나갈 때 이 책을 떠올리긴 했다. 그러다가 억압당하는 여성에 관한 이야기가 토머스 하디의 『더버빌가의 테스』와 겹칠 것 같았다. 게다가 내가 나열해 놓은 책들을 훑어보니 스테디셀러가 많기도 했다. 다른 사람들에게는 잘 알려지지 않은 나만의 책을 알려주고 싶다는 욕심에 결국 이 책은 소개하지 않기로 결정했었다.

그런데 최근 이스라엘과 팔레스타인의 전쟁을 보면서 『천 개의 찬란한 태양』을 다시 생각하게 됐다. 오랜 시간 끊임없이 전쟁을 해온 나라들에 대해서 다소 방관적인 태도로 뉴스를 봤지만 이번에는 달랐다. 무차별적인 폭격으로 어린아이들이 다치고 피 흘리고 울부짖으며 죽어가는 모습을 보면서 어떻게 인간이 같은 사람에게 저럴 수 있을까 회의감이 들었다. 전쟁의 공포가 피부로 스며들었다. 연일 떨어지는 포탄 아래에서 두려움에 떠는 팔레스타인 사람들의 얼굴을 뉴스로 보면서 괴로운 심정으로 『천 개의 찬란한 태양』을 다시 꺼내 들었다.

『천 개의 찬란한 태양』은 아프가니스탄 이야기이지만 그곳에서 일어나는 일도 다르지 않았다. 이 책을 처음 읽었을 때 그곳이 아니라 우리나라에서 태어난 것에 감사하면서도 내가 누리고 있는 안락함이 미안해서 가슴 아팠던 기억이 고스란히 떠올랐다.

이 책을 쓴 할레드 호세이니도 내게는 다음 작품이 기다려지는 소설가이다. 외국 작가의 책을 읽다 보면 그 나라의 문화, 풍습, 거리 등을 상상하게 된다. 그 과정에서 경험해 보지 못한 먼 이국땅이 어느새 나와 가까워지게 된다(『허삼관 매혈기』와 『형제』를 쓴 소설가 위화도 나에게 중국에 대한 편견과 오해를 없애줬다. 그의 소설을 읽으면서 중국의 역사와 문화, 인물들의 생각을 따라가노라니 표면적으로만 알고 있던 중국이라는 나라에 대해 이해의 폭이 조금 더 넓어지고 바라보는 시선도 부드러워졌다).

할레드 호세이니의 첫 책인 『연을 쫓는 아이들』을 읽기 전에는 아프가니스탄에 대해 거의 몰랐다. 끊임없는 전쟁으로 신음하는 나라, 그래서 뉴스에 자주 나오는 나라 정도로만 어렴풋하게 인식하고 있었다. 『연을 쫓는 아이들』을 읽으면서 뉴스에서나 보던 아프가니스탄의 사람들과 거리들이 가깝게 느껴졌다. 전쟁 영화에서나 볼 법한, 도저히 현실이라고 믿기지 않았던 그들의 고통도 생생하게 다가왔다. 더 이상 먼 나라 이야기라고 생각할 수 없었다. 남북이 대치하는 나라에 사는 나도 언제든 그 같은 아픔을 겪어야 할지 모른다는 두려움에 사로잡혔다. 그리고 『천 개의 찬란한 태양』을 읽게 됐다.

내가 여자라서 그런지 이야기 속 여성에게 훨씬 더 몰입한다. 호세이니의 전작보다 『천 개의 찬란한 태양』에 더욱 공감하고 아파하면서 읽었던 까닭은 마리암과 라일라라는 아프가니스탄 여성들에 대한 이야기였기 때문이다. 마리암은 혼외자라는 이유로 아버지에게 인정받지 못한 채 외롭게 자란다. 강제적인 결혼으로 고된 시집살이를 하면서 더욱 혹독한 시련을 겪는다. 라일라는 지식인 부모의 슬하에서 부족함 없이 살아왔으나 가족이 정치적인 격랑에 휘말리면서 삶이 급격하게 파괴된다.

마리암은 소파에 누워 무릎 사이에 손을 넣고 눈발이 날리는 모습을 바라보았다. 나나가 했던 말이 떠올랐다. 나나는 눈송이 하나하나가 이 세상 어딘가에서 고통받고 있는 여자의 한숨이라고 했었다. 그 모든 한숨이 하늘로 올라가 구름이 되어 작은 눈송이로 나뉘어 아래에 있는 사람들 위로 소리 없이 내리는 거라고 했었다.

"그래서 눈은 우리 같은 여자들이 어떻게 고통당하는지를 생각나게 해주는 거다. 우리에게 닥치는 모든 걸 우리는 소리 없이 견디잖니?"

남성 중심의 문화와 전쟁으로 인해 자기 의지와는 상관없이 휘둘리며 살아가는 두 여자의 이야기는 과연 이것이 나와 동시대를 사는 사람들의 삶이 맞는가 하는 충격을 던졌다. 이슬람 국가에 사는 여성의 비참한 인권이 가장 답답했지만, 무엇보다도 나를 겁나게 했던 것은 전쟁이 벌어지면 사회적 약자인 어린아이와 여성이 모든 분노의 대상이 되는 현실이었다. 마리암과 라일라가 느끼는 고통이 같은 여성인 나 역시 겪을 수 있는 아픔처럼 다가와 책장을 넘기기가 힘겨웠다. 이 책은 그렇게 수많은 사람들이 짓밟히고 망가져가는 와중에도 결국 아프가니스탄에서 희망을 발견하고 미래를 기대하며 끝난다. 하지만 처음부터 그렇게까지 파괴되지 않았다면 얼마나 좋았을까. 애초에 그런 상처와 아픔이 없었다면 얼마나 좋았을까.

이스라엘이 팔레스타인에 무차별 폭격을 감행하는 것을 보면서, 민간인뿐만 아니라 UN 학교까지 공격하여 어린아이들까지 마구잡이로 죽이는 것을 보면서, 이 책을 읽을 때 선연하게 다가왔던 전쟁의 공포가 다시금 몰려왔다. 종교, 정치, 이념, 이게 다 뭐라고 사람보다 더 중요할까? 타인의 슬픔과 아픔이 어쩌면 이렇게 가볍

남성 중심의 문화와 전쟁으로 인해

자기 의지와는 상관없이 휘둘리며 살아가는 두 여자의 이야기는

과연 이것이 나와 동시대를 사는 사람들의 삶이 맞는가 하는 충격을 던졌다.

게 여겨질 수 있을까?

요즘 뉴스를 보고 있으면 인간이 어디까지 잔인해질 수 있는지 생각하게 된다. 폭격으로 파괴되는 가자 지구를 바라보면서 맥주를 마시고 환호성을 지르는 이스라엘인의 모습은 분노를 넘어 가슴을 서늘하게 한다. 그곳에 얼마나 많은 사람의 인생과 꿈과 이야기가 있는데……. 그토록 소중한 것들을 짓밟을 권리가 누구한테 있단 말인가. 우리가 꿈꾸는 진정한 평화를 이 세상에서 만날 수 있을까. 무난한 일상에서 무탈하기만 해도 얼마나 감사한 일인지 깨닫고 나니 마음이 숙연해진다. 모두가 소박한 일상을 평화롭게 보낼 수 있는 세상을 만드는 일이 왜 이리도 어려운 일인지 서글퍼진다.

함께 살아가기에 대해
고민해야 할 때

장 지글러, 『왜 세계의 절반은 굶주리는가』

'척'하는 것, 내가 가장 민망해하는 일이다. 살아가다 보면 '척'해야 하는 순간과 때때로 마주친다. 나는 빈손인데, 내 안의 깊이는 얕은데 뭔가 가지고 있는 사람인 양 '척'해야 한다니. 그럴 때가 오면 나는 꽁꽁 숨어버리고 말았다. 내 생각은 아직 거기에 미치지 못했는데도 공식 행사에 나가서 포장된 말이나 행동을 해야 하는 상황이 민망하기만 했다. 그래선지 내 모습이 어떤 이미지로 꾸며지는 것에 부담을 많이 느끼는 편이었다.

그러다가 배우로 산다는 것, 많은 사람들이 관심을 가지고 알아봐주고 사랑해주는 이 일에 진정으로 감사한 마음이 들고 난 뒤에는 그런 생각이 조금씩 바뀌기 시작했다. 사람들에게 좋은 영향을 미칠 수 있다면 사람들 앞에 나서는 것을 마냥 어렵게만 생각할 일은 아니지 않을까. 아직은 준비가 덜 되었지만 앞으로는 최선을 다해 살아가리라고 스스로를 북돋우면서 조심스럽게 발걸음을 놓아보기로 했다.

때마침 지금은 고인이 되신 앙드레 김 선생님의 추천으로 2008년부터 유니세프와 일하게 됐다. 이전의 나라면 부담스럽고 민망하여 감히 시작하지 못했을 일이다. 내가 알고 있는 나눔이란 '왼손이 하는 일을 오른손이 모르게 하는' 것이었고, '나는 이런 일을 하는 사람이에요'라고 알려지는 자체가 깜냥도 안 되는 나에게 버거운 책임을 스스로 지우는 일 같았다.

그렇게 비춰지는 모습에 부끄럽지 않으려면 나부터 속속들이 알찬 사람이 돼야 하는데 여러모로 부족하기만 한 나도 괜찮을까 망설였다. 방법도 몰랐고, 확고한 신념이 있는 것도 아니었기에 누군가를 돕는다는 것이 막연하게만 여겨지기도 했다. 내 성금이 어려운 이웃을 돕는 데 쓰이면 되지 않을까 하는 생각으로 다달이 아프리카 어린이들에게 성금을 후원하고 거리에서 구세군 자선냄비에 기부하는 것이 내가 해온 나눔의 전부였다.

그런 얄팍한 생각을 가지고 처음으로 떠난 곳은 바로 몽골이었다. 그곳에서 맞닥뜨린 현실 앞에서 나는 계속 '이건 아닌데' 하고 고개를 저었다. 방송을 위해 카메라가 쉴 새 없이 움직였다. 성금을 모금하기 위한 프로그램인지라 우리는 한 가정을 소개받아 몽골의 어려운 형편을 최대한 여실히 보여줘야 했다. 아버지가 가출하고 어머니와 자매들이 어렵게 살아가는 빈민 가정이었다. 우리는 그 가정에 학용품과 책을 비롯해 생필품을 지원하고, 그들이 집에서 살아갈 수 있도록 게르까지 지어주며 열심히 일했다. 그런데 그 과정에서 회의가 들기 시작한 것이다.

방송에 나오지는 않았지만 낮에 일하던 한국 일행들이 숙소로 돌아간 뒤 밤이 오면 어둠을 틈타 집 나간 아버지가 찾아왔다. 누구한테 자기 가족이 방송에 나간다는 소리를 들었는지 그렇게 돌아와서는 어린 딸들을 내쫓고 우리가 제공한 음식들을 바닥내고 술을 마시며 행패를 부렸다. 아침이 되어 그 집에 다시 찾아가면 게르 밖에서 홑옷만 입고 덜덜 떨던 아이들이 우리를 향해 뛰어왔다. 굳게 닫힌 게르 안에는 형편없는 아버지와, 아이들은 안중에 없이 다시 돌아온 남편에게만 연연하는 어머니가 잠들어 있었다.

부모 자격이 없는 그들에게 어찌나 화가 나던지. 우리가 아이들을 위해 돕는 거라고 수백 번 말해도 어머니는 카메라 앞에서만 억지 눈물을 짜냈다. 그런 모습을 무기력하게 지켜보자니 분노가 치솟고 미심쩍고 불안했다. 과연 내가 해주는 것들이 온전히 아이들에게 돌아갈 수 있을까? 아버지라는 사람의 술값으로 쓰이지 않을까? 저런 어머니가 과연 아이들의 방패막이가 되어줄 수 있을까?

아이들을 도와주려 해도 중간에 나쁜 마음을 먹는 어른들이 있다는 사실을 내 눈으로 목격했다. 세상 모든 부모가 자식을 위해 희생하는 것은 아니었다. 내가 보는 세상이 전부가 아니라 그 이면에 어둡고 불순한 그림자가 도사리고 있다는 사실을, 이상과 현실은 분명히 다르다는 사실을 절감했다.

몽골에서의 경험을 통해 '도움'에 대한 내 나름의 시각이 열렸다. 그들에게 고기를 주는 것이 아니라 고기를 잡는 방법을 알려주는 게 중요하다는 생각이 들었다. 정말이지 개인의 가난을 나라가 구제하는 데는 한계가 있다. 학교를 세워주고 책을 지원하고 공부를 가르쳐서 스스로 미몽에서 깨어나 불합리한 현실을 극복할 수 있도록 하는 방법이 더욱 유효하리라.

꿈조차 꾸지 못하는 아이들에게 교육이 얼마나 절실한지 모른다. 금전적인 지원도 물론 중요하지만 먼 미래를 내다봤을 때 병원, 도서관, 학교 등 함께 나눌 수 있는 사업이 더욱 도움이 될 것이다. 가장 시급한 문제는 피임 교육이다. 능력도 여건도 환경도 뒷받침되지 않는데 아이들만 줄줄이 낳아서 감당을 못 하는 상황을 보니 마음이 무거웠다.

『왜 세계의 절반은 굶주리는가』는 유엔에서 일하는 아버지가 그동안 겪고 생각한 것들을 아들과 문답하는 형식으로 풀어 독자들이 알기 쉽게 쓴 책이다. 이 책을 읽는 동안 내가 몽골에서 직접 목격한 일들이 떠오르면서 내내 속상했다.

당장 굶주리고 있는 목숨보다 강대국의 이익이 앞서는, 빈민국을 도와주는 일조차 강대국의 정치적·경제적 이익에 따라 좌지우지돼야 하는, 정의가 사라진 현실에 분노가 치밀었다. 수많은 이해관계로 얽혀 있는 세계에서는 힘의 논리가 사람보다 더 중요하구

나. 넘치는 나라는 무엇이든 넘쳐서 생명을 지탱해 주는 음식이 음식물 쓰레기로 남아도는데, 부족한 나라에서는 우리가 쓰레기로 버리는 음식이 생명의 존속을 결정한다. 그런데도 인간의 이기심 때문에 그 목숨을 담보로 나눔조차도 계산하고 있었다니. 책장을 넘길수록 한숨만 쌓여갔다.

그럼에도 불구하고 분명해지는 결론은 넘치는 나라가 부족한 나라를 끊임없이 지원해야 한다는 것이다. 실수도 하고, 실패도 하고, 더 이상 이런 식으로는 안 된다 각성하고 자성하면서 더불어 사는 방법을 찾아야 한다는 것이다.

막연하게 세상은 살 만한 곳이라고 여겨왔던 나에게 이 책은 크나큰 충격을 안겼다. 가혹한 현실 앞에서 내 나눔의 방법이 무력하게 느껴지기도 했다. 하지만 인류는 끊임없는 시행착오를 통해 최선의 방법을 찾아가려 했다는 그 믿음만은 저버리고 싶지 않다. 지금의 이 과정들도 더 옳은 방향으로 가기 위한 시행착오이리라.

매번 이야기하는 교과서 같은 말이지만, 나눔은 내가 살아 있음을 느끼게 해주고, 내가 필요한 사람이라는 기쁨을 안겨주고, 지금 이곳의 내 행복이 얼마나 행운인지 일깨워 감사한 마음으로 살게 해준다. 나 자신을 돌아보고 성장할 기회를 주는 그들에게 정작 내가 도움을 받고 있는 셈이다. 도움을 주고 그 도움을 받으며 또 다른 형태로 돌려주는 사람들이 있기에 세상은 아직 따뜻하고 살 만하다.

아직 나는 많이 부족하고, 어떤 방법이 정답이다, 옳다 말할 수는 없다. 하지만 작은 관심을 기울이고 경험을 하고 나니 내가 어떻게 도움이 될 수 있을까 하는 생각을 조금 더 하게 된다.『왜 세계의 절반은 굶주리는가』를 읽는다는 것은 나눔의 행렬에 다가가는 작은 발걸음이다. 이름 없이 나누는 삶을 살아가는 이들의 행렬에 나도 살며시 발걸음을 놓아본다.

이 책을 읽으면서 한 끼가 얼마나 소중한지, 평온한 하루가 얼마나 감사한지, 소소한 일상이 얼마나 귀중한지 연신 고개를 끄덕이게 된다. 이 책을 읽으며 잠깐 만났다가 헤어진 몽골의 아이들이 떠올랐다. 같은 지구에서 같은 사람으로 태어나서 이 행복을 누리지 못하는 이들이 너무나 안타깝고 미안해서 견딜 수 없다.

먼 과거에 인간들은 가족, 씨족, 그리고 한마을 사람들끼리만 연대감을 느끼고 동일시하였다. 그러다가 국가가 성립되면서 인간들은 처음으로 알지 못하는, 평생 알 일이 없을 다른 사람들과 연대하는 법을 배웠다. 그리고 민족 정체성, 공동체 의식, 공공시설, 그리고 모두에게 구속력을 발휘하는 법이 탄생하였다.

이제 모두가 인간다운 삶을 살고 인간적인 지구를 만들기 위해 한 걸음만 더 앞으로 나아가면 된다.

동일성은 다른 사람과의 진짜의, 혹은 상상의 만남, 단결 행위 등 한 마디로 공유된 의식으로부터 생겨난다.

"잘못된 것 안에 올바른 삶은 없다"라고 했던 아도르노의 말마따나 고통으로 가득 찬 세계에 행복의 영토는 없다. 우리는 인류의 6분의

1을 파멸로 몰아놓는 세계 질서에는 동의할 수 없다. 이 지구에서 속히 배고픔이 사라지지 않으면 누가 인간성, 인정을 말할 수 있겠는가!

소수가 누리는 자유와 복지의 대가로 다수가 절망하고 배고픈 세계는 존속할 희망과 의미가 없는 폭력적이고 불합리한 세계이다.

모든 사람이 자유와 정의를 누리고 배고픔을 달랠 수 있기 전에는 지상에 진정한 평화와 자유는 존재하지 않을 것이다. 서로에 대해 책임을 다하지 않는 한 인간의 미래는 없을 것이다.

희망은 어디 있는가?

정의에 대한 인간의 불굴의 의지 속에 존재한다.

파블로 네루다는 그것을 이렇게 표현했다.

"그들은 모든 꽃들을 꺾어버릴 수는 있지만
결코 봄을 지배할 수는 없을 것이다."

아직 나는 많이 부족하고,

어떤 방법이 정답이다, 옳다 말할 수는 없다.

하지만 작은 관심을 기울이고 경험을 하고 나니

내가 어떻게 도움이 될 수 있을까 하는 생각을 조금 더 하게 된다.

시 간 이 지 날 수 록 더 욱

선 명 해 지 는 아 픔 이 있 다

나는 눈물이 많다. 마음이 약한 편인지 사소한 일에도 눈물을 잘 흘리고, 다친 상처 자리도 바로 보지 못한다. 책을 읽다가도, 영화를 보다가도 인물들이 다치거나 죽으면 눈물이 난다. 해피엔딩이면 감격스러워서, 슬프면 슬픈 대로 운다. 막상 내 일에는 그렇지 않은 편인데 이야기를 듣다가 보다가 어느새 눈물짓고 있는 나를 발견한다. 그래서 신문 기사나 다큐멘터리를 볼 때면 항상 조심스럽다. 매해 5월이면 휴먼 다큐멘터리 〈사랑〉을 보면서 통곡하다가 기진맥진해질 정도이다. 미해결 사건의 범인을 추적하는 다큐멘터리를 보면 내 일처럼 속이 상한다. 피해자가 힘없는 어린이나 청소년, 여성인 경우에는 내가 당한 일인 듯 숨이 막히고 가슴이 아프다. 가해자의 형량이 가벼울 때는 (사실상 모든 형량이 가벼워 보이지만) 피해자의 마음이 떠올라 분통이 터진다.

이런 나에게 더 많은 생각을 하게 해준 책이 있다. 일본 저널리스트인 우쿠노 슈지의 『내 아들이 죽었습니다』라는 책이다. 1997년, 우쿠노 슈지는 고베에서 열네 살 소년이 저지른 살인 사건을 취재하다가 1969년에도 비슷한 사건이 일어났다는 사실을 알게 됐고, 그 사건을 9년간 취재한 기록을 이 책에 담았다. 책장을 덮었을 때 피해자 가족이 감내해야 했던 답답함과 억울함이 고스란히 전해져 한동안 가슴 한쪽이 묵직했다. 법에 대해서는 잘 모르지만 우리나라나 일본이나 별다를 바가 없어 보였다.

예전에는 이런 사건들을 대하면 가장 먼저 가해자에 대한 분노가 일었다. 피해자가 느낄 고통이 얼마나 끔찍할지 먼저 공감하기보다 가해자가 어떤 처벌을 받는지, 왜 자꾸 감형되는지 의문을 품었다. 그런데 이 책을 읽고 나서 가해자가 아무리 무거운 처벌을 받아도 피해자의 고통이 상쇄되지 않는다는 것을 알았다. 시간도 그 고통의 약이 되어주지 못했다. 그 고통은 사라지지도, 치유되지도 않았다. 개인이 무너진 자리에 가정도 붕괴되고, 가혹한 현실만이 그 자리를 채우고 있을 뿐이다. 가해자를 갱생시키는 데 들이는 시간과 비용만큼 피해자 가족이 남은 삶을 살아갈 수 있도록 물심양면으로 돌보는 제도적 장치가 절실하게 필요하다는 생각을 하게 되었다.

책 속의 가해자는 소년법의 보호 아래 소년원에서 짧은 시간을 보낸 뒤 출소한다. 그는 이름을 바꾸고 사법 고시를 통과하고 변호사로 승승장구하면서 새로운 삶을 살아가고 있었다. 정신분열증에 걸린 열네 살 미만의 소년이라는 이유로 새 삶의 기회를 얻은 것이다. 그런데 나이가 어리다는 이유로 여기서 아이의 인생이 끝나게 할 수 없다고 무조건 관용하는 것에 대해서는 나는 아직도 잘 이해되지 않는다. 우리나라에서도 청소년이라는 이유로 솜방망이 처벌이 내려지는 경우가 다반사인데, 그 아이들이 과연 나쁜 짓이라는 사실을 모른 채 죄를 저질렀을까? 감옥에서 몇 년을 보내거나 피해자에게 합의금을 준다고 전부 용서되는 것일까? 어느 정도의 처벌이면 피해자에게 빚을 갚았다고 할 수 있을까?

이 책을 읽다 보니, 가해자의 인권은 보호되면서 정작 피해자의 인권은 존중되지 않고 있었다. 가해자는 떵떵거리며 새 삶을 사는데 피해자의 가족은 여전히 고통받고 있었다. 두 개의 삶이 선명하게 대비되면서 그 불합리한 현실이 더욱 답답하게 다가왔다. 이 책의 가해자는 끝까지 그의 잘못을 사죄하지 않았다. 그리고 과거의 죄를 말끔히 지운 채 세상에 나와서 아무렇지도 않게 잘 살아가고 있다. 이것이 과연 올바른 법의 결말일까? 약자의 편에서 보호해주고 억울함을 풀어주는 것이 법이라면, 법이 정말 살아 있는지, 제 소임을 다하고 있는지 내가 피해자가 된 양 억울했다.

우리는 피해자의 아픔을 가볍게 치부하는 경향이 있다. 나도 이 책을 읽기 전에는 사실 절실하게 느끼지 못했다. 아니, 실은 거기까지 생각이 미치지 못했다. 가해자가 저지른 사건에 분노하고 치만 떨었을 뿐, 피해자의 상처는 시간이 약이라는 말처럼 무뎌지다가 차츰 잊혀져 괜찮아지겠거니 여겼다. 가해자가 처벌을 받으면 그 억울함이 조금이나마 누그러져 일말의 위로가 될 테니 형량이라도 많이 나오길 바랐다. 그러나 피해자의 아픔은 시간이나 형량으로 치유될 수 있는 것이 절대 아니었다. 이제 그만 털어버리라고 감히 이야기할 수 있는 정도의 상처가 아니었다.

이 책을 읽고 나서 범죄를 바라보는 시선이 바뀌었다. 예전에는 흉악한 범죄가 일어나면 일단 흥분해서 가해자를 비난하기 바빴는데, 이젠 피해자의 가족들에게 더 먼저 마음이 쓰인다. 자신을 끝없이 곪게 하리라는 걸 알면서도 그들이 안고 살아갈 상처를 생각하면 눈물이 난다. 내 일이 아니라면 뭐든 너무 쉽게 잊히는 세상에서 신산하게 살아가야 하는 그들의 삶을 생각하면 가슴이 쓰라리다.

세월호 침몰 사건으로 피해자 가족들의 신음과 통곡은 여전한데 우리는 벌써 무뎌진 건 아닌지 자꾸만 속상하다. 유족들의 아픔과 상처는 어떻게 치유될 수 있을까? 시간이 흐른다고 괜찮아질 리 없는데 우리는 무엇을 할 수 있을까? 천추의 한으로 서서히 좌절하고 있을 그분들이 다시 마음을 부여잡고 살아갈 수 있도록 세심한 배려가 필요하지 않을까?

그 럼 에 도   불 구 하 고
살   아   있   기   를

이동원, 「살고 싶다」

나는 우리나라 문학상 수상작들을 챙겨 읽는 편이다. 신인 작가의 작품을 많이 만날 수 있기 때문이다. 그들의 작품을 보고 있으면 신선하고 기발하고, 한 문장 한 문장 정말 공들인 책을 읽는 것 같아 무척 행복해진다. 새로운 작가를 알게 된다는 것은 문학상 수상작이 나에게 주는 가장 커다란 설렘이다. 작가의 말도 빠뜨리지 않고 꼭 읽는다. 처음 수상 소식을 들었을 때 작가가 느꼈던 기쁨이 전해지는 그 짧은 글을 읽다 보면, 그가 창작을 하느라 고심했을 긴긴 시간들이 상상되면서 나도 모르게 진심으로 축하하게 된다. 정확한 답도, 분명한 미래도 보이지 않는 글쓰기의 길을 외로이 걸으면서 좌절하는 순간들이 얼마나 많았을까? 써지지 않는 글을 붙잡고 술로 지새운 날들도 많았을 것이다. 작가가 몇 번이고 고쳐 쓰면서 고민을 거듭했을 과정을 생각하다 보면 책을 읽는 것이 아니라 작가의 소중한 인생을 읽는 기분이 든다.

이동원의 『살고 싶다』를 읽었다. 세계문학상을 받은 이 소설은 분주한 와중에도 손에서 내려놓지 못해 이틀 만에 다 읽은 책이다. 군대라는 조직 안에서 일어나는 폭력을 일인칭시점으로 전개하여 실제 이야기처럼 생생하게 그렸는데, 최근에 연달아 보도된 군대 폭력과 자살 사건 때문에 이 소설의 메시지가 내 안에 더욱 깊이 새겨졌다. 폐쇄적인 집단에서 주도적으로 조성되는 폭력이 특정 사람에게 어떤 상처로 되돌려지는지, 평범한 사람도 특수한 상황에서 얼마나 악랄해질 수 있는지, 이 년이라는 시간 동안 사회에서 격리된 채 버텨내기가 얼마나 버거운지, 뉴스만으로는 온전히 이해하기 어려웠던 일들의 실체가 비로소 절박하게 다가왔다.

주인공 이필립 상병은 제대를 6개월 앞두고 있지만 부상으로 군 생활의 대부분을 병원에서 보냈다. 그로 인해 그는 동기들과 함께 병장으로 진급하지 못한 채 선임 대접도 못 받고 몸은 몸대로 망가져 하루하루 버티는 것이 목적인 관심 사병이다. 그런 그가 '광통(국군광주통합병원)'에서 만난 유일한 친구인 정선한 병장의 자살을 조사하기 위해 다시 그곳에 입원하게 되면서 이야기는 본격적으로 시작된다.

군대를 경험하지 않은 나에게 이 소설은 매우 새롭게 다가왔다.

이십 대 초반의 젊은 청년들이 군대라는 조직 안에서 살아남기 위해 폭력을 폭력으로 되갚는 과정을 읽으면서 '남북 분단'이라는 우리나라의 특수한 상황이 안타깝기만 했다. 의무적으로 군에 입대할 수밖에 없는 청년들이 조직의 규율, 기강, 서열 같은 것들 때문에 억울한 일을 당해도 누구에게도 호소하지 못하고 덮어야 하는 현실, 그리고 다수로 살아남기 위해 서로의 연계와 묵계로 한 사람을 순식간에 바보로 만들어버리는 상황도 답답하기 그지없었다.

멀쩡하던 아들이 군대에 가서 주검으로 돌아오고, 제대를 얼마 안 남긴 아들이 휴가를 나와서 자살하고······. 이 책을 읽기 전에는 그런 뉴스를 들을 때마다 왜 그렇게 빨리 삶을 놓으려 했을까, 그 용기로 이를 악물고 살아가지, 라는 생각에 안타까웠다. 그런데 되풀이되는, 아니 그뿐 아니라 점점 심해지는 폭력과 따돌림으로 시뻘겋게 벌어진 상처는 그 시공간을 벗어난다 해도 치유되기 어려울 것 같다는 생각이 들어 두려워진다. 제삼자인 내가 기사만 봐도 분해서 온몸이 부들부들 떨리는데 당사자는 하루하루가 얼마나 고통스러웠을까. 그에게 시간은 얼마나 더디게 흘렀을까. 누구에게는 짧아서 아쉬운 단 하루도 그에게는 살아 있어서는 도저히 끝날 것 같지 않은 시간이었을 것이다.

너는 피투성이라도 살아 있으라. 다시 이르기를, 너는 피투성이라도 살아 있으라.

─『에스겔서』 16장 6절

그래도 살았으면 좋겠다. 이 책의 마지막 장을 덮으면서 자살을 선택할 수밖에 없는 그의 아픔과 고통에 가슴이 먹먹했지만, 그래도 끝까지 살았으면 좋겠다. 다른 이유들 때문에라도 살았으면 좋겠다. 어떤 말도 그 상처를 아물게 하기에는 역부족이겠지만, 그래도 살았으면 좋겠다.

　살고 싶다.

　나는 그 페이지를 찢어 구겨버렸다. 그리고 입에 넣고 씹었다. 종이에 혀를 베여 피가 났다. 하지만 나는 뱉어내지 않았다. 벤치프레스에서 일어나 파이프로 갔다. 선한이가 죽은 그 자리에 매달려 파이프를 끊어버리기라도 할 듯 온몸을 흔들었다. 입 안 가득 종이를 씹은 내 입에서 알 수 없는 신음 소리가 새어 나왔다.

　바보야. 살고 싶으면 살지 그랬냐. 시를 쓰고 싶으면 쓰면 되지 않냐. 고통스러우면 그 고통을 이야기하면 되지 않냐. 나쁘게만 변해가는 세상 같지만, 지금은 뭐 하나 나아질 구석이 없는 것 같지만, 살다 보면 너도 그런 고백을 할 날이 오지 않았겠냐. 아름다운 이 세상 소풍 끝나는 날, 가서 아름다웠다고 말할 날이 오지 않았겠냐. 너도 그처럼 살고 싶다고, 그런 시를 쓰고 싶다고 하지 않았냐. 뒤에서 수군거리는 게 참기 힘들었던 거냐. 창피했냐. 그럼 잠시 쉬다가 다시 하지 그랬냐. 나는 스물다섯의 봄을 맞는데 너는 왜 스물넷의 가을에 멈춰 있냐. 이 따위 그림은 내가 먹어치우겠다. 이건 네가 아니다. 이건 너의 얼굴이 아니다. 너는 그렇게 따뜻한 눈으로 다른 사람을 바라보면서 왜 너 자신은 그렇게 볼 줄 몰랐단 말이냐.

아무리 몸부림쳐도 파이프는 꼼짝도 하지 않았다. 힘이 빠진 나는

땅에 떨어졌다. 나는 차가운 얼굴로 울었다.

이 책을 읽으면서 담담한 문체가 좋았다. 작가의 따뜻한 마음이

담담한 문장에 뜨겁게 배어 있어서 이동원 작가의 이름을 기억하

게 됐다. 그의 다음 소설도 기대하는 마음으로 펼칠 것이다. 새로

운, 그것도 좋은 작가를 만나게 되어 참 반갑다.

··· **이보영이 읽은 책**

『**꾸뻬 씨의 행복여행**』, 프랑수아 를로르, 오유란 옮김, 오래된미래, 2004

『**어린 왕자**』, 생텍쥐페리, 강주헌 옮김, 예담, 2008

『**나의 라임오렌지나무**』, J. M. 바스콘셀로스, 박동원 옮김, 동녘, 2003

『**사랑을 선택하는 특별한 기준**』, 김형경, 사람풍경, 2012

『**창가의 토토**』, 구로야나기 테츠코, 김난주 옮김, 프로메테우스, 2004

『**내 슬픈 창녀들의 추억**』, 가브리엘 가르시아 마르케스, 손병선 옮김, 민음사, 2005

『**그대 뒷모습**』, 정채봉, 샘터, 2006

『**노란 손수건**』, 오천석 엮음, 샘터, 2007

『**왜 나는 너를 사랑하는가**』, 알랭 드 보통, 정영목 옮김, 청미래, 2007

『**스님의 주례사**』, 법륜, 휴, 2010

『**미 비포 유**』, 조조 모예스, 김선형 옮김, 살림, 2013

『**여자를 증오한 남자들**』, 『**불을 가지고 노는 소녀**』, 『**벌집을 발로 찬 소녀**』, 스티그 라르손, 임호경
     옮김, 뿔(웅진문학 에디션), 2011

『**나의 삼촌 부르스 리**』, 천명관, 예담, 2012

『**위키드**』, 그레고리 머과이어, 송은주 옮김, 민음사, 2012

『**내 심장을 쏴라**』, 정유정, 은행나무, 2009

『**반 고흐, 영혼의 편지**』, 빈센트 반 고흐, 신성림 옮김, 예담, 2005

『**더버빌가의 테스**』, 토머스 하디, 유명숙 옮김, 문학동네, 2011

『**천 개의 찬란한 태양**』, 할레드 호세이니, 왕은철 옮김, 현대문학, 2007

『**왜 세계의 절반은 굶주리는가?**』, 장 지글러, 유영미 옮김, 갈라파고스, 2007

『**내 아들이 죽었습니다**』, 오쿠노 슈지, 서영욱 옮김, 웅진지식하우스, 2008

『**살고 싶다**』, 이동원, 나무옆의자, 2014